TRANZLATY

El idioma es para todos

زبان برای همه است

La Transformación
(*La Metamorfosis*)
مسخ

Franz Kafka
فرانتس کافکا

Español
فارسی

www.tranzlaty.com

Primera parte

بخش اول

Gregorio Samsa se despertó una mañana de un sueño
intranquilo.

گرگور سامسا یک روز صبح از خواب‌های آشفته‌ای بیدار شد.

Se encontró en su cama, pero incapaz de moverse.

خودش را در رختخوابش یافت، اما قادر به حرکت نبود.

Se había transformado en una alimaña monstruosa.

او به یک حشره موذی و وحشتناک تبدیل شده بود.

Estaba acostado boca arriba, sobre su espalda, que estaba
dura como una armadura.

او به پشت خوابیده بود، که مثل زره سخت بود.

Levantando un poco la cabeza podía ver su barriga.

با کمی بالا آوردن سرش، توانست شکمش را ببیند.

Pero su vientre estaba abovedado y dividido en segmentos.

اما شکمش گنبدی شکل و به بندهایی تقسیم شده بود.

La manta descansaba encima de su vientre redondeado.

پتو روی شکم گرد شده‌اش افتاده بود.

Pero la manta estaba a punto de caerse por completo.

اما پتو نزدیک بود کاملاً سر بخورد.

Sus piernas eran lamentables comparadas con su tamaño
habitual.

پاهایش در مقایسه با اندازه معمولشان، رقت‌انگیز بودند.

Y sus muchas piernas se movían impotentes ante sus ojos.

و پاهای متعددش بی‌اختیار جلوی چشمانش سوسو می‌زدند.

"¿Qué me ha pasado?" pensó para sí.

با خودش فکر کرد: «چه اتفاقی برای من افتاده؟»

Pero no era un sueño del que no pudiera despertar.

اما این خوابی نبود که نتواند از آن بیدار شود.

En realidad era su propia habitación la que él se encontraba.

واقعاً اتاق خودش بود که خودش را در آن یافت.

Un auténtico espacio para humanos, aunque un poco pequeño.

یک اتاق واقعی برای انسان‌ها، اما کمی بیش از حد کوچک.

Él yacía tranquilamente entre las cuatro paredes conocidas.

او آرام بین چهار دیوار معروف دراز کشیده بود.

Sobre la mesa había una colección de muestras textiles.

روی میز مجموعه‌ای از نمونه‌های پارچه بود.

Samsa era un vendedor ambulante, de ahí las muestras.

سامسا یک فروشنده دوره گرد بود، از این رو نمونه ها را تهیه کرد.

Encima de las muestras textiles desmontadas había una imagen.

بالای نمونه‌های پارچه‌ایِ جدا شده، تصویری قرار داشت.

Recientemente había recortado la imagen de una revista.

او اخیراً عکس را از یک مجله بریده بود.

Había colocado el cuadro en un bonito marco dorado.

او عکس را در یک قاب زیبا و طلاکاری شده قرار داده بود.

El cuadro enmarcado mostraba a una dama sentada erguida.

تصویر قاب‌شده، خانمی را نشان می‌داد که به صورت عمودی

نشسته بود.

Llevaba un gorro de piel y tenía un manguito de piel.

او یک کلاه خز به سر داشت و یک دستکش پشمی هم به پا کرده

بود.

Ella estaba levantando su mano hacia el espectador de la imagen.

او دستش را به سمت بیننده‌ی عکس بالا برده بود.

Todo su antebrazo desapareció dentro de su pesado manguito de piel.

تمام ساعدش در دستکش پشمی ضخیمش ناپدید شد.

Gregor miró por la ventana el clima gris.

گرگور از پنجره به هوای گرفته نگاه کرد.

Se podía oír fuertes gotas de lluvia golpeando la ventana.

صدای برخورد قطرات درشت باران به پنجره به گوش می‌رسید.

El clima gris lo hacía sentir muy melancólico.

هوای خاکستری باعث شد احساس مالیخولیایی شدیدی کند.

"¿Qué tal si duermo un poco más?" pensó.

با خودش فکر کرد: «چطور است کمی بیشتر بخوابم؟»

"Dormir más podría ayudarme a olvidar estas tonterías".

«خواب بیشتر شاید کمکم کند این مزخرفات را فراموش کنم».

Pero dormir más era completamente inviable.

اما خوابیدن دیگر کاملاً غیرممکن بود.

Porque estaba acostumbrado a dormir sobre su lado derecho.

چون عادت داشت به پهلوی راست بخوابد.

Pero su estado actual le impedía realizar sus movimientos habituales.

اما وضعیت فعلی او مانع از حرکات معمولش می‌شد.

No tenía forma de llegar a esa posición.

او هیچ راهی برای قرار دادن خودش در این موقعیت نداشت.

Intentó con todas sus fuerzas lanzarse hacia su lado derecho.

او تمام تلاشش را کرد تا خودش را به پهلوی راستش بیندازد.

Probablemente intentó este movimiento cientos de veces.

او احتمالاً صد بار این حرکت را امتحان کرد.

Pero él siempre volvía a la posición supina.

اما او همیشه به حالت خوابیده به پشت، تکان می‌خورد.

Cerró los ojos para no ver sus piernas inquietas.

چشمانش را بست تا پاهای لرزانش را نبیند.

Al final el dolor le impidió intentarlo de nuevo.

در نهایت دردش مانع از تلاش دوباره‌اش شد.

Un dolor sordo en el costado que nunca había sentido antes.

درد مبهمی در پهلویش پیچید که قبلاً هرگز آن را حس نکرده بود.

«Oh Dios», pensó desesperado Gregorio Samsa.

گرگور سامسا با ناامیدی با خودش فکر کرد: «خدای من»!

¡Qué profesión tan agotadora he elegido para mí!

»چه حرفه‌ی طاقت‌فرسایی برای خودم انتخاب کرده‌ام»!

"Día tras día tengo que viajar por trabajo".

»من هر روز مجبورم برای کارم این‌طرف و آن‌طرف بروم».

"El trabajo de oficina es mucho más fácil que trabajar fuera
de casa".

»کار اداری خیلی راحت‌تر از کار در جاده است».

"Y tengo la maldición de tener que viajar."

»و من نفرینِ این را دارم که مجبور باشم مدام سفر کنم».

"Todas las preocupaciones por llegar a tiempo a los trenes."

»تمام نگرانی‌ها در مورد به موقع رسیدن به قطارها».

"Mis horarios de comida son irregulares y la comida es
mala".

»زمان وعده‌های غذایی من نامنظم است و غذا بد است».

"Mis amigos siempre están cambiando de ciudad en ciudad."

»دوستان من همیشه از شهری به شهر دیگر می‌روند».

"Las interacciones que tengo son frías y profesionales".

»تعاملاتی که من دارم سرد و حرفه‌ای هستند».

"¡Dejad que el Diablo se divierta con este tipo de trabajos!"

بگذار شیطان با این کارها خودش را سرگرم کند!

Sintió un ligero picor en la parte superior del estómago.

او خارش خفیفی را در بالای شکمش احساس کرد.

Se apoyó contra el poste de la cama, con la espalda.

با کمرش خودش را به میله‌ی تخت هل داد.

Quería poder levantar mejor la cabeza.

دلش می‌خواست بتواند سرش را بهتر بلند کند.

Encontró el punto que le picaba y le molestaba.

او نقطه خارش‌داری را که آزارش می‌داد، پیدا کرد.

Su cabeza parecía estar cubierta de pequeños puntos blancos.

انگار سرش پر از نقطه‌های سفید کوچک بود.

No podía decir qué eran esos pequeños puntos blancos.

او نمی‌توانست بگوید این نقطه‌های سفید کوچک چه بودند.

Había planeado tocar el lugar con una de sus piernas.

او قصد داشت با یکی از پاهایش آن نقطه را لمس کند.

Pero cuando tocó el lugar sintió un extraño escalofrío.

اما وقتی آن نقطه را لمس کرد، لرز عجیبی را احساس کرد.

Entonces inmediatamente retiró la pierna del lugar.

بنابراین فوراً پایش را از آن نقطه دور کرد.

No tuvo más remedio que aceptar la sensación de picazón.

چاره‌ای جز پذیرش احساس خارش نداشت.

Y volvió a su posición anterior en la cama.

و به جایگاه قبلی خود در رختخواب بازگشت.

"Despertarse tan temprano realmente te vuelve bastante estúpido".

«بیدار شدن تا این حد زود واقعاً آدم را احمق می‌کند.»

"Un hombre debe dormir lo suficiente", pensó.

با خودش فکر کرد: «آدم باید خواب کافی داشته باشد».

"Los demás vendedores ambulantes viven una vida de lujo."

«بقیه فروشندگان سیار زندگی لوکسی دارند».

"Por la mañana transfiero los pedidos que he recibido."

«صبح‌ها دستورهایی که دریافت کرده‌ام را منتقل می‌کنم».

"Mientras tanto esos señores todavía están desayunando."

«در همین حال، آن آقایان هنوز دارند صبحانه می‌خورند».

"Imagínese si intentara hacer eso con mi jefe".

«فقط تصور کن اگه من سعی می‌کردم همین کار رو با رئیسم بکنم».

"Me despediría antes de terminar mi desayuno."

«قبل از اینکه صبحانه‌ام را تمام کنم، مرا اخراج می‌کرد».

"Pero quizá eso tampoco sería lo peor."

«اما شاید این هم بدترین چیز نباشد».

"El problema es que mis padres me están frenando".

«مشکل این است که پدر و مادرم مانع پیشرفت من می‌شوند».

"Si no fuera por ellos ya habría dimitido."

اگر آنها نبودند، من تا حالا استعفا داده بودم».

"Me habría enfrentado al jefe y se lo habría dicho".

«من جلوی رئیس می‌ایستادم و به او می‌گفتم».

"Diría exactamente lo que pienso de él y del trabajo".

«من دقیقاً نظرم را در مورد او و شغلش می‌گویم».

"¡Se caería del escritorio si le contara todo!"

«اگر همه چیز را به او بگویم، از روی میزش می‌افتد»!

"Es muy extraña la forma en que se sienta en su escritorio".

«طرز نشستن او روی میزش خیلی عجیب است».

"La forma en que habla con sus subordinados no es correcta".

طرز صحبت او با زیردستان درست نیست».

"Y lo peor es que su audición es muy pobre".

»و بدترین قسمت ماجرا این است که شنوایی او خیلی ضعیف است».

"Así que no te queda otra opción que sentarte muy cerca de él."

»پس چاره‌ای نداری جز اینکه خیلی نزدیکش بنشینی».

Pero dicho todo esto, la esperanza no está completamente perdida todavía.

اما با وجود همه این‌ها، هنوز امید کاملاً از بین نرفته است».

"Ahorraré el dinero para pagar la deuda de mis padres".

»من پول را پس‌انداز می‌کنم تا بدهی پدر و مادرم را پرداخت کنم».

"No puedo hacer nada mientras todavía le deban dinero".

»تا وقتی که هنوز به او بدهکارند، نمی‌توانم کاری بکنم».

"Pero cuando la deuda esté pagada definitivamente lo haré."

اما وقتی بدهی پرداخت شود، قطعاً این کار را خواهم کرد.

"Probablemente tomará otros cinco o seis años."

احتمالاً پنج تا شش سال دیگر طول خواهد کشید».

"Sí, entonces definitivamente se hará la gran separación".

بله، پس جدایی بزرگ قطعاً انجام خواهد شد.

"Por el momento, sin embargo, debo levantarme de la cama."

»اما فعلاً باید از رختخواب بیرون بیایم».

"Porque mi tren sale a las cinco en punto."

»چون قطار من ساعت پنج حرکت می‌کند».

Gregor miró el despertador que sonaba sobre la mesa.

گرگور به ساعت زنگ‌دار روی میز نگاه کرد که تیک‌تاک می‌کرد.

"¡Padre Celestial!" pensó al ver la hora.

با دیدن زمان با خود فکر کرد: «پدر آسمانی»!

Las seis y media ya habían pasado silenciosamente.

ساعت شش و نیم دیگر آرام آرام گذشته بود و رفته بود.

Y las manecillas del reloj seguían avanzando.

و عقربه‌های ساعت همچنان به جلو حرکت می‌کردند.

Y ahora se acercaba la cuarta hora menos cuarto.

و حالا ساعت داشت به یک ربع به هفت نزدیک می‌شد.

"¿Quizás la alarma no sonó para despertarme?", pensó.

با خودش فکر کرد: «شاید زنگ ساعت برای بیدار کردنم به صدا

درنیامده بود؟»

Desde la cama Gregor inspeccionó el despertador.

گرگور از روی تختش ساعت شماطه‌دار را بررسی کرد.

El despertador estaba programado exactamente para las
cuatro.

ساعت زنگ دار به درستی برای ساعت چهار تنظیم شده بود.

No podía explicarlo, pero la alarma debió haber sonado.

او نمی‌توانست توضیح دهد، اما حتماً زنگ خطر به صدا درآمده

بود.

"¿Cómo pude dormirme a pesar de la alarma sin darme
cuenta?"

چطور با وجود صدای زنگ ساعت خوابیدم، بدون اینکه بفهمم؟»

Cuando suena la alarma incluso sacude los muebles.

وقتی زنگ می‌زند، حتی مبلمان را هم می‌لرزاند.

Sabía que su sueño no había sido para nada tranquilo.

می‌دانست که خوابش اصلاً آرام نبوده است.

Pero quizá por eso su sueño era mucho más profundo.

اما شاید به همین دلیل بود که خوابش بسیار عمیق‌تر بود.

Tenía que pensar qué debía hacer ahora.

باید فکر می‌کرد که حالا باید چه کار کند.

El siguiente tren no salía hasta las siete.

قطار بعدی تا ساعت هفت حرکت نکرد.

Coger ese tren sería casi imposible.

رسیدن به آن قطار تقریباً غیرممکن خواهد بود.

Y aún no había empacado los textiles que necesitaba.

و او هنوز پارچه‌های مورد نیازش را بسته‌بندی نکرده بود.

Tampoco se sentía especialmente fresco y ágil.

او هم احساس تازگی و چابکی خاصی نمی‌کرد.

Quizás había una posibilidad de subir al tren.

شاید فرصتی برای سوار شدن به قطار وجود داشت.

Pero de todas formas, un regaño por parte del jefe era inevitable.

اما در هر صورت، سرزنش رئیس اجتناب‌ناپذیر بود.

El empleado habría subido al tren de las cinco.

کارمند می‌توانست سوار قطار ساعت پنج شود.

El oficinista era una criatura sin carácter del jefe.

کارمند دفتر، موجودی بی‌جرأت و وابسته به رئیس بود.

Así que la ausencia de Gregor ya habría sido informada.

بنابراین غیبت گرگور قبلاً گزارش شده بود.

"¿Qué pasa si llamo para avisar que estoy enfermo?" Gregor estaba pensando.

گرگور داشت فکر می‌کرد: «اگر مریض شوم چه می‌شود؟»

Pero eso sería extremadamente embarazoso y sospechoso.

اما این بسیار شرم‌آور و مشکوک خواهد بود.

Gregor nunca había estado enfermo durante el tiempo que trabajó allí.

گرگور در مدتی که آنجا کار می‌کرد، هرگز بیمار نشده بود.

Y ya les había dado cinco años de servicio.

و او قبلاً پنج سال خدمت به آنها داده بود.

Lo más probable era que el jefe viniera a ver cómo estaba.

احتمال داشت رئیس برای بررسی او بیاید.

Probablemente traería al médico del seguro médico.

احتمالاً پزشک بیمه سلامت را هم می‌آورد.

Y culparía a los padres por la pereza de su hijo.

و او والدین را به خاطر تنبلی پسرشان سرزنش می‌کرد.

No podrían hacerle ninguna objeción.

آنها نمی‌توانستند هیچ اعتراضی به او بکنند.

Porque para él sólo había dos clases de trabajadores.

زیرا برای او فقط دو نوع کارگر وجود داشت.

O bien los trabajadores estaban completamente sanos o bien eran reacios al trabajo.

یا کارگران کاملاً سالم بودند، یا از کار گریزان بودند.

¿Y estaría equivocado en ese análisis básico?

و آیا او اصلاً در آن تحلیل اولیه اشتباه می‌کند؟

Ciertamente, en este caso tenía un argumento sólido.

البته در این مورد، او استدلال محکمی داشت.

A pesar de su apariencia, Gregor en realidad se sentía bastante bien.

گرگور، برخلاف ظاهرش، واقعاً حالش خوب بود.

El sueño innecesariamente largo lo dejó un poco somnoliento.

خواب طولانی و غیرضروری او را کمی خواب‌آلود کرد.

Pero aparte de eso no podía quejarse de enfermedad.

اما گذشته از این، او نمی‌توانست از بیماری شکایت کند.

Incluso sintió un hambre especialmente fuerte y saludable.

او حتی گرسنگی شدید و سالمی را احساس می‌کرد.

Mientras pensaba estos pensamientos el reloj volvió a sonar.

در حالی که او در این افکار بود، ساعت دوباره زنگ زد.

Según la alarma eran ya las siete menos cuarto.

طبق آژیر، ساعت حالا یک ربع به هفت بود.

Y ahora también se oyó un suave golpe en la puerta.

و حالا صدای ضربه آرامی به در هم آمد.

—Gregor —lo llamó alguien. Era la madre.

کسی او را صدا زد: «گرگور» - او مادر بود.

"Son las siete menos cuarto", confirmó la alarma.

او صدای زنگ را تأیید کرد و گفت: «ساعت هفت و ربع است».

¿No querías irte?, preguntó la suave voz.

صدای ملایمی پرسید: «مگر نمی‌خواستی بروی؟»

Gregor se asustó cuando oyó su voz respondiendo.

گرگور وقتی صدای او را که جواب می‌داد شنید، ترسید.

La voz seguía siendo la voz que siempre tuvo.

صدا هنوز همان صدایی بود که همیشه داشت.

Pero ahora había un nuevo sonido mezclado en su voz.

اما حالا صدای جدیدی در صدایش آمیخته شده بود.

Desde lo más profundo de él también salió un doloroso chillido.

از اعماق وجودش، صدای جیرجیر دردناکی نیز بیرون آمد.

Al principio su voz parecía formar palabras con claridad.

در ابتدا به نظر می‌رسید که صدایش کلمات را با وضوح تشکیل می‌دهد.

Pero entonces Gregor escuchó el eco mental de su voz.

اما ناگهان گرگور پژواک ذهنی ذهنی صدایش را شنید.

La grabación de su voz se interrumpió de una manera extraña.

ضبط صدایش به طرز عجیبی خراب شد.

Y no estaba seguro de si había escuchado las cosas correctamente.

و او مطمئن نبود که آیا درست شنیده است یا نه.

Gregor sintió un profundo deseo de dar una respuesta detallada.

گرگور عمیقاً دلش می‌خواست جواب مفصلی بدهد.

Quería explicarle todo claramente a su madre.

دلش می‌خواست همه چیز را برای مادرش تعریف کند.

Pero, dadas las circunstancias, tuvo que limitarse.

اما با توجه به شرایط، او مجبور بود خودش را محدود کند.

Y respondió mucho más breve de lo que le hubiera gustado.

و او خیلی کوتاه‌تر از آنچه دوست داشت پاسخ داد.

-Sí madre, no te preocupes, gracias, ya estoy levantado.

»بله مادر، نگران نباش، ممنون، من الان بیدارم.«

La puerta de madera probablemente ayudó a amortiguar su voz.

احتمالاً در چوبی به خفه کردن صدایش کمک کرده بود.

Desde fuera el cambio en la voz de Gregor pasó desapercibido.

بیرون، تغییر صدای گرگور مورد توجه قرار نگرفت.

La madre pareció estar satisfecha con su explicación.

به نظر می‌رسید مادر از توضیحات او راضی شده است.

Y ella se fue de nuevo tan silenciosamente como había llegado.

و او دوباره به همان آرامی که آمده بود، رفت.

Pero la pequeña conversación tuvo un efecto no deseado.

اما این مکالمه کوتاه تأثیر نامطلوبی داشت.

Llamó la atención de los demás miembros de la familia.

توجه دیگر اعضای خانواده را به خود جلب کرد.

Gregor todavía estaba en casa y no había ido a trabajar.

گرگور هنوز در خانه بود و سر کار نرفته بود.

Y ahora el padre también llamó a la puerta lateral.

و حالا پدر درِ کناری را هم زد.

Golpeó débilmente, pero decidido, con el puño.

او با مشتش ضربه‌ای ضعیف، اما مصمم زد.

—Gregor, Gregor —gritó—, ¿cuál es el problema?

«گرگور، گرگور،» صدا زد، «مشکل چیه؟»

Al cabo de un rato volvió a advertir con voz más grave.

کمی بعد، دوباره با صدای بم‌تری هشدار داد.

Pero ahora la hermana llamó a la puerta del otro lado.

اما حالا خواهر درِ آن طرف را زد.

"¿Gregor? ¿No te encuentras bien?", preguntó en voz baja.

«گرگور؟ حالت خوب نیست؟» او آرام پرسید.

"¿Necesitas algo?" preguntó preocupada.

با نگرانی پرسید: «چیزی لازم داری؟»

Gregor respondió a ambas partes: "Ya he terminado".

گرگور به هر دو طرف پاسخ داد: «من دیگر کارم تمام است.»

Había hecho todo lo posible para pronunciar todas las
palabras con cuidado.

او تمام تلاشش را کرده بود که تمام کلمات را با دقت تلفظ کند.

Y eliminó todo lo que era llamativo en su voz.

و هر چیزِ به چشم آمده در صدایش را پاک کرد.

El padre también parecía satisfecho con la respuesta.

پدر هم از جواب راضی به نظر می‌رسید.

Y regresó a su desayuno inacabado.

و دوباره به صبحانه ناتمامش برگشت.

Pero la hermana susurró: "Gregor, ábreme, te lo ruego".

اما خواهر زمزمه کرد: «گرگور، التماست می‌کنم، باز کن».

Pero su preocupación por él no podía conmoverlo de ninguna manera.

اما نگرانی او برای او به هیچ وجه نمی‌توانست او را تحت تأثیر قرار دهد.

Gregor no tenía intención de abrirle la puerta.

گرگور اصلاً قصد نداشت در را برایش باز کند.

Había adquirido algunos hábitos de cautela al viajar.

او از سفر کردن عادت‌های محتاطانه‌ای پیدا کرده بود.

Y se alababa a sí mismo por haber cerrado las puertas.

و خودش را به خاطر قفل کردن درها تحسین کرد.

Primero quiso levantarse tranquilamente y a su propio ritmo.

اول می‌خواست بی‌سروصدا و در زمان خودش از خواب بیدار شود.

Y sin que nadie le molestara quiso vestirse.

و بدون اینکه کسی مزاحمش شود، می‌خواست لباس بپوشد.

Una vez logrado esto, quiso entonces desayunar.

با انجام این کار، او سپس می‌خواست صبحانه بخورد.

Sólo entonces quiso reflexionar más sobre la situación.

تنها در آن صورت بود که می‌خواست موقعیت را بیشتر بررسی کند.

Sabía que no tenía sentido hacer planes en la cama.

او می‌دانست که نقشه کشیدن در رختخواب فایده‌ای ندارد.

Sería imposible llegar a una conclusión sensata.

رسیدن به یک نتیجه معقول غیرممکن خواهد بود.

Había habido otras ocasiones en las que se despertó con dolores leves.

مواقع دیگری هم بود که با دردهای خفیف از خواب بیدار می‌شد.

Estos dolores siempre resultaban ser pura imaginación.

این دردها همیشه تبدیل به تخیل محض می‌شدند.

Al levantarme de la cama el dolor invariablemente desaparecía.

هنگام بلند شدن از رختخواب، درد به طور مداوم از بین می‌رفت.

Tenía curiosidad por ver qué pasaría con esas ideas.

او کنجکاو بود ببیند چه اتفاقی برای این ایده‌ها می‌افتد.

El cambio en su voz probablemente se debió sólo a un resfriado.

تغییر صدایش احتمالاً فقط به خاطر سرماخوردگی بود.

Los resfriados son simplemente un riesgo laboral para los viajeros.

سرماخوردگی فقط یک خطر شغلی برای مسافران است.

No tenía ninguna duda de que ésa era la explicación lógica.

او شکی نداشت که این توضیح منطقی است.

Logró quitarse la manta de encima con facilidad.

کنار زدن پتو از روی خودش به راحتی ممکن شد.

Lo único que tenía que hacer era inhalar e inflarse.

تنها کاری که باید می‌کرد این بود که نفس بکشد و خودش را باد کند.

La manta se deslizó de su cuerpo y cayó al suelo.

پتو از روی بدنش سر خورد و روی زمین افتاد.

Su cuerpo increíblemente ancho dificultaba otras cosas.

بدن فوق‌العاده پهن او انجام کارهای دیگر را دشوار می‌کرد.

Habría necesitado brazos y manos para ponerse de pie.

او برای ایستادن به دست و بازو نیاز داشت.

Pero ya no tenía las extremidades que solía tener.

اما او دیگر آن اندام‌های قبلی را نداشت.

En lugar de brazos y manos tenía muchas piernas pequeñas.

به جای دست و بازو، تعداد زیادی پای کوچک داشت.

Y sus piernas se movían constantemente, sin su control.

و پاهایش مدام، بدون اینکه خودش بخواهد، حرکت می‌کردند.

Intentó doblar una pierna, pero en lugar de eso se estiró.

او سعی کرد یک پایش را خم کند، اما در عوض پایش کشیده شد.

Finalmente logró controlar una pierna.

بالاخره موفق شد یک پایش را تحت کنترل خود درآورد.

Pero luego se liberó el movimiento de las otras piernas.

اما بعد حرکت پاهای دیگر آزاد شد.

Y todas sus piernas se crisparon de extrema excitación.

و تمام پاهایش از شدت هیجان می‌لرزیدند.

Primero quería sacar la parte inferior de su cuerpo de la cama.

اول می‌خواست پایین‌تنه‌اش را از تخت بیرون بیاورد.

Pero en realidad aún no había visto la parte inferior de su cuerpo.

اما او هنوز پایین تنه‌اش را ندیده بود.

Y, de todas formas, resultó demasiado difícil mover esta pieza.

و به هر حال جابجایی این قسمت خیلی دشوار بود.

Finalmente, con todas sus fuerzas, realizó un movimiento salvaje.

بالاخره، با تمام قدرتش، یک حرکت وحشیانه انجام داد.

Sin más vacilación, avanzó.

بدون هیچ تردیدی خودش را به جلو حرکت داد.

Pero había elegido la dirección equivocada.

اما او مسیر اشتباهی را برای حرکت انتخاب کرده بود.

Golpeó violentamente su cuerpo contra el poste inferior de la cama.

او با شدت بدنش را به میله پایینی تخت کوبید.

El dolor ardiente que sintió le enseñó una valiosa lección.

درد سوزانی که احساس کرد، درس ارزشمندی به او داد.

La parte inferior de su cuerpo era quizás más sensible.

شاید قسمت پایین بدنش حساس‌تر بود.

Entonces intentó sacar primero la parte superior del cuerpo de la cama.

بنابراین سعی کرد ابتدا بالاتنه اش را از رختخواب بیرون بیاورد.

Giró cuidadosamente la cabeza en la dirección correcta.

با دقت سرش را به سمت درست چرخاند.

Y pronto su cabeza estaba mirando hacia el borde de la cama.

و خیلی زود سرش رو به لبه تخت بود.

Este movimiento cauteloso en realidad fue fácil para él.

این حرکت محتاطانه در واقع برای او آسان بود.

Y su anchura y peso no detuvieron su movimiento.

و عرض و سنگینی او مانع حرکتش نشد.

La masa de su cuerpo siguió lentamente el giro de la cabeza.

جرم بدنش به آرامی با چرخش سر همراه می‌شد.

Pero luego sostuvo su cabeza sobre el borde de la cama.

اما بعد سرش را از لبه تخت بیرون آورد.

Y se enfrentó a un nuevo miedo en el que aún no había pensado.

و او با ترس جدیدی روبرو شد که هنوز به آن فکر نکرده بود.

Avanzar más por este camino podría ser peligroso.

پیشروی بیشتر در این مسیر می‌تواند خطرناک باشد.

Había pensado que simplemente se dejaría caer.

او فکر کرده بود که همین الان خودش را رها خواهد کرد تا سقوط کند.

Pero sería un milagro si no se lesionara la cabeza.

اما اگر سرش آسیب ندیده باشد، معجزه خواهد بود.

Ahora no era el momento de arriesgarse a perder el conocimiento.

الان وقت ریسک از دست دادن هوشیاری نبود.

Quizás sería mejor quedarse en la cama después de todo.

شاید بهتر باشد که در نهایت در رختخواب بمانیم.

Pero luego tuvo que hacer el mismo esfuerzo para regresar.

اما بعد مجبور شد همان تلاش را برای برگشتن انجام دهد.

Después de todo ese esfuerzo él estaba tendido allí igual que antes.

بعد از آن همه تلاش، درست مثل قبل همانجا دراز کشیده بود.

Y ahora sus piernas parecían incluso más enojadas que antes.

و حالا پاهایش حتی عصبانی‌تر از قبل به نظر می‌رسیدند.

Los movimientos de sus piernas se habían vuelto aún más incontrolables.

حرکات پایش حتی غیرقابل کنترل‌تر شده بود.

No veía manera de salir de la situación en la que se
encontraba.

او هیچ راهی برای رهایی از وضعیتی که در آن گرفتار شده بود،
نمی‌دید.

De este caos no fue posible sacar la paz ni el orden.

از دل این هرج و مرج، صلح و نظم حاصل نمی‌شد.

Pero sabía que quedarse en la cama tampoco era una opción.

اما او می‌دانست که ماندن در رختخواب هم چاره‌ی دیگری نیست.

Sacrificarlo todo era la opción más sensata.

فدا کردن همه چیز معقول‌ترین گزینه بود.

Se aferró a la más mínima esperanza de levantarse de la
cama.

او به کوچکترین امیدی برای بیرون آمدن از رختخواب چسبیده
بود.

Si lo hubiera conseguido, todo riesgo habría valido la pena.

اگر او از پس این کار بر می‌آمد، تمام ریسک‌ها ارزشش را داشت.

Pero al mismo tiempo también recordó algo más.

اما همزمان چیز دیگری را هم به یاد آورد.

"Mejores que decisiones desesperadas son reflexiones
tranquilas."

»بهتر از تصمیمات ناامیدانه، تأملات آرام است«.

Con todo su esfuerzo centró su mirada en la ventana.

با تمام تلاشش، چشمانش را به پنجره دوخت.

Pero lo que vio le trajo poca confianza y alegría.

اما آنچه دید، اعتماد به نفس و دلگرمی کمی برایش به ارمغان آورد.

La niebla de la mañana cubría toda la estrecha calle.

مه صبحگاهی تمام کوچه باریک را پوشانده بود.

El despertador volvió a sonar; ahora eran las siete.

ساعت دوباره زنگ زد؛ حالا ساعت هفت بود.

"Ya son las siete y todavía hay mucha niebla."

«ساعت هفت است و هنوز مه غلیظی وجود دارد».

Durante un rato permaneció en silencio, respirando débilmente.

مدتی بی‌صدا دراز کشید و فقط به سختی نفس می‌کشید.

Quizás un poco de quietud traería algo de normalidad.

شاید کمی سکوت، اوضاع را به حالت عادی برگرداند.

Un silencio absoluto podría provocar las condiciones reales.

سکوت کامل می‌تواند شرایط واقعی را به وجود آورد.

Pero antes de que el reloj volviera a sonar, rompió el silencio.

اما قبل از اینکه ساعت دوباره زنگ بزند، او سکوت را شکست.

"Antes de que el reloj vuelva a sonar, debo levantarme de la cama."

«قبل از اینکه ساعت دوباره زنگ بزند، باید از رختخواب بیرون آمده باشم».

"Para entonces tengo que estar totalmente fuera de la cama."

«من قطعاً باید تا آن موقع کاملاً از رختخواب بیرون آمده باشم».

"Después de las siete y cuarto la oficina enviará a alguien."

«بعد از ساعت هفت و ربع، اداره یک نفر را خواهد فرستاد».

"Porque la oficina abrió antes de las siete."

«چون اداره قبل از ساعت هفت باز می‌شد».

Y ahora empezó a balancear su cuerpo fuera de la cama.

و حالا شروع کرد به تکان دادن بدنش از تخت بیرون کشیدن.

Había abandonado el centrarse en la parte superior o inferior de su cuerpo.

او تمرکز روی بالاتنه یا پایین‌تنه‌اش را کنار گذاشته بود.

Todo el largo de su cuerpo tuvo que salir de la cama.

تمام طول بدنش مجبور بود از تخت جدا شود.

Caer de esa manera debería proteger su cabeza, pensó.

با خودش فکر کرد، افتادن به این شکل باید از سرش محافظت کند.

Había planeado levantar la cabeza cuando cayera al suelo.

او قصد داشت وقتی به زمین خورد، سرش را بالا بیاورد.

La parte posterior de su cuerpo parecía lo suficientemente dura para el impacto.

به نظر می‌رسید پشت بدنش برای این ضربه به اندازه کافی سفت شده است.

Y la alfombra estaba allí para suavizar el aterrizaje.

و فرش آنجا بود تا فرود آمدن را نرم کند.

Sin embargo, su mayor preocupación era el fuerte ruido.

با این حال، بزرگترین نگرانی او سر و صدای زیاد بود.

El ruido estrepitoso asustaría a todos en la casa.

صدای شکستن شیشه‌ها همه اهل خانه را ترسانده بود.

Quizás no les daría miedo el ruido fuerte.

شاید آنها از صدای بلند وحشت نمی‌کردند.

Pero seguramente se preocuparían si oyeran eso.

اما اگر می‌شنیدند، مطمئناً نگران می‌شدند.

Pero había que correr el riesgo de llamar la atención.

اما باید ریسک جلب توجه را به جان می‌خرید.

El nuevo método era más un juego que un esfuerzo.

روش جدید بیشتر شبیه یک بازی بود تا یک تلاش.

Tuvo que balancear su cuerpo con movimientos bruscos y espasmódicos.

او مجبور بود بدنش را با حرکات ناگهانی و تند تکان دهد.

Gregor ya estaba medio levantado de la cama.

گرگور تقریباً از رختخواب بیرون آمده بود.

Ahora se le ocurrió una idea nueva.

حالا فکر جدیدی به ذهنش خطور کرده بود.

"Todo sería tan fácil si alguien viniera en mi ayuda."

»اگر کسی به کمکم بیاید، همه چیز خیلی آسان می‌شود«.

"Dos personas fuertes serían suficientes."

»دو نفر آدم قوی کاملاً کافی هستند«.

Su padre y la criada serían lo suficientemente fuertes.

پدرش و خدمتکارش به اندازه کافی قوی بودند.

Sólo tendrían que deslizar los brazos bajo su espalda.

آنها فقط کافی بود دست‌هایشان را زیر کمرش ببرند.

Y luego pudieron sacarlo fácilmente de la cama.

و بعد به راحتی می‌توانستند او را از تخت بیرون بکشند.

Quizás habrían tenido que bajarle el peso poco a poco.

شاید مجبور می‌شدند وزنش را آرام آرام کم کنند.

Ojalá entonces las piernas hubieran encontrado su propósito.

امیدوارم در آن صورت پاها هدف خود را پیدا کرده باشند.

¿No sería mejor después de todo pedir ayuda?

»بهتر نیست بالاخره زنگ بزنیم و کمک بخواهیم؟«

El problema, por supuesto, era que había cerrado las puertas.

البته مشکل این بود که او درها را قفل کرده بود.

Había algo en ese pensamiento que le hacía cosquillas.

چیزی در مورد این فکر وجود داشت که او را قلقلک می‌داد.

Y a pesar de sus dificultades, no pudo evitar esbozar una sonrisa.

و با وجود سختی‌هایی که متحمل می‌شد، نمی‌توانست لبخندش را فرو بنشاند.

Ya estaba cerca de perder el equilibrio.

حالا دیگر نزدیک بود تعادلش را از دست بدهد.

Cada movimiento lo acercaba más a caerse de la cama.

هر تکانی که به تخت می‌خورد، او را به پرت شدن از تخت نزدیک‌تر می‌کرد.

Pronto tendría que tomar la decisión final.

به زودی او مجبور بود تصمیم نهایی را بگیرد.

En cinco minutos serían las siete y cuarto.

پنج دقیقه‌ی دیگر ساعت هفت و ربع می‌شد.

Mientras pensaba estos pensamientos, sonó el timbre.

در حالی که داشت به این افکار فکر می‌کرد، زنگ در به صدا درآمد.

"Es alguien de la oficina", se dijo.

با خودش گفت: «اون یکی از اعضای اداره‌ست».

Y casi se quedó paralizado de miedo ante la visita.

و او تقریباً از ترسِ حضور مهمان، خشکش زد.

Sus piernas bailaron aún más salvajemente que antes.

پاهایش حتی وحشی‌تر از قبل می‌رقصیدند.

Pero luego, por un momento, todo quedó en silencio.

اما ناگهان، برای لحظه‌ای همه چیز ساکت شد.

"No abrirán la puerta", se dijo Gregor.

گرگور با خودش گفت: «در را باز نمی‌کنند».

Todavía estaba atrapado en una esperanza sin sentido.

او هنوز درگیر نوعی امید واهی بود.

Pero luego, por supuesto, la criada se dirigió a la puerta.

اما بعد، البته، خدمتکار به سمت در رفت.

Y como siempre, le abrió la puerta al visitante.

و مثل همیشه، در را به روی مهمان باز کرد.

A Gregor le bastó con oír el primer saludo del visitante.

گرگور فقط کافی بود اولین سلام مهمان را بشنود.

Pudo saber inmediatamente quién había venido a buscarlo.

او می‌توانست فوراً تشخیص دهد که چه کسی به سراغش آمده است.

El propio jefe de oficina había venido a ver cómo estaba Samsa.

خودِ رئیس دفتردار آمده بود تا سامسا را بررسی کند.

¿Por qué Gregor fue el único condenado a este destino?

چرا گرگور تنها کسی بود که به این سرنوشت محکوم شد؟

¿Por qué sólo él tuvo que servir en tal organización?

چرا فقط او باید در چنین سازمانی خدمت می‌کرد؟

El más mínimo descuido despertaba inmediatamente sospechas.

کوچکترین غفلتی فوراً سوءظن ایجاد می‌کرد.

¿Todos los empleados que trabajaban allí eran unos sinvergüenzas?

آیا همه کارمندانی که آنجا کار می‌کردند، رذل بودند؟

¿No había entre ellos ninguna persona fiel y devota?

آیا در میان آنها فرد مؤمن و فداکاری نبود؟

¿No podrían haber enviado simplemente un aprendiz?

نمی‌تونستن یه کارآموز بفرستن؟

¿Era realmente necesario todo este cuestionamiento?

آیا واقعاً این همه سوال و جواب لازم بود؟

¿El representante autorizado tenía que venir personalmente?

آیا نماینده تام الاختیار باید خودش می آمد؟

¿Había que informar a toda la familia inocente?

آیا لازم بود تمام خانواده بی‌گناه مطلع شوند؟

Todas estas consideraciones impulsaron a Gregor a actuar.

همه این ملاحظات، گرگور را به اقدام واداشت.

Se levantó de la cama con todas sus fuerzas.

با تمام توانش خودش را از تخت پایین کشید.

Se escuchó un fuerte estallido, pero no era realmente un ruido.

صدای بلندی آمد، اما در واقع صدای بلندی نبود.

La caída había sido ligeramente suavizada por la alfombra.

شدت سقوط به خاطر فرش کمی کمتر شده بود.

Su espalda era más elástica de lo que Gregor había pensado.

کمرش از آنچه گرگور فکر می‌کرد، انعطاف‌پذیرتر بود.

Así que el sonido era más apagado y no tan perceptible.

بنابراین صدا کسل کننده تر بود و چندان قابل توجه نبود.

Pero no había cuidado su cabeza durante la caída.

اما او در طول سقوط از سرش مراقبت نکرده بود.

Y cuando golpeó el suelo también se golpeó la cabeza.

و وقتی به زمین خورد، سرش هم به زمین خورد.

Se frotó la cabeza contra la alfombra con rabia y dolor.

از شدت خشم و درد سرش را روی فرش می‌مالید.

Pero el gerente de la habitación de al lado escuchó el ruido.

اما مدیر اتاق بغلی صدا را شنید.

"Algo cayó allí", observó correctamente.

او به درستی اظهار داشت: «چیزی آنجا افتاد».

Gregor intentó imaginarse al gerente en su situación.

گرگور سعی کرد مدیر را در موقعیت خودش تصور کند.

"¿Podría pasarle lo mismo a él?" se preguntó.

با خودش فکر کرد: «ممکن است همین اتفاق برای او هم بیفتد؟»

Aceptó que este extraño acontecimiento pudiera ser posible.

او پذیرفت که این اتفاق عجیب می‌تواند امکان‌پذیر باشد.

Y entonces el jefe de oficina dio unos pasos hacia la habitación.

و سپس دفتردار چند قدم به سمت اتاق برداشت.

Fue casi una respuesta burda a la pregunta que hizo.

تقریباً جواب خامی به سوالی که او پرسیده بود، بود.

Sus botas de cuero crujieron cuando se acercó a la puerta.

چکمه‌های چرمی‌اش وقتی به در نزدیک می‌شد، جیرجیر می‌کردند.

Desde la habitación de su derecha su criada le susurró:

خدمتکارش از اتاق سمت راستش با او نجوا کرد.

Gregor, el representante autorizado está aquí.

«گرگور، نماینده‌ی تام‌الاختیار اینجاست.»

—Lo sé —dijo Gregor, pero sólo en voz baja, para sí mismo.

گرگور گفت: «می‌دانم.» اما فقط آرام و با خودش.

No se atrevió a levantar la voz por encima de un susurro.

جرات نداشت صدایش را از زمزمه بالاتر ببرد.

Porque Gregor no quería que su hermana lo oyera.

چون گرگور نمی‌خواست خواهرش حرفش را بشنود.

—Gregor —dijo el padre desde la habitación de la izquierda.

پدر از اتاق سمت چپ گفت: «گرگور».

"El gerente ha venido a comprobar cuál es el problema".

«مدیر آمده تا بررسی کند مشکل چیست».

"Él te preguntó por qué no saliste en el tren temprano."

«او پرسید چرا با قطار صبح زود نرفتی؟»

"No sabemos qué decirle", dijo el padre.

پدر گفت: «ما نمی‌دانیم به او چه بگوییم».

"Por cierto, también quiere hablar contigo personalmente."

»ضمناً، او همچنین می‌خواهد شخصاً با شما صحبت کند».

"Por favor, abre la puerta para que pueda hablar contigo."

»لطفاً در را باز کنید تا او بتواند با شما صحبت کند».

"Tendrá la amabilidad de disculpar el desorden en la habitación".

»او لطف خواهد کرد و به خاطر بهم ریختگی اتاق عذرخواهی خواهد کرد».

"Buenos días, señor Samsa", le saludó el gerente.

مدیر او را صدا زد: «صبح بخیر، آقای سامسا.»

Y ciertamente le habló de manera amistosa.

و او مطمئناً با او دوستانه صحبت کرد.

"No está bien", le dijo la madre al gerente.

مادر به مدیر گفت: «حالش خوب نیست».

"No se encuentra bien en absoluto, créame, querido gerente."

»حالش اصلاً خوب نیست، باور کنید مدیر عزیز».

¿Por qué si no, Gregor perdería el tren de la mañana?

»وگرنه چرا گرگور باید قطار صبح را از دست بدهد؟»

"El chico no tiene nada en la cabeza excepto el negocio."

»این پسر به هیچ چیز جز تجارت فکر نمی‌کند».

"Casi me molesta que no haga nada más".

»تقریباً از اینکه او هیچ کار دیگری نمی‌کند، اذیتم می‌کند».

"Me gustaría que saliera por las noches a tomar aire fresco".

کاش عصرها برای هوای تازه بیرون می‌رفت.

"Estuvo en la ciudad ocho días por negocios."

او هشت روز برای کار در شهر بود.

"Pero él estaba en casa todas esas noches"

»اما بعد او هر شب در خانه بود«

"Se sienta en nuestra mesa y lee el periódico".

او سر میز ما می‌نشیند و روزنامه می‌خواند.

"En otras ocasiones, estudia los horarios de los trenes."

»در مواقع دیگر، او جدول زمانی قطارها را مطالعه می‌کند«.

"A veces se mantiene ocupado con la carpintería".

»گاهی اوقات خودش را با نجاری سرگرم می‌کند«.

"Por ejemplo, talló un pequeño marco de madera para cuadros".

مثلاً یک قاب عکس چوبی کوچک را تراشید«.

"Estuvo ocupado con la sierra durante dos o tres tardes".

»دو یا سه شب تمام مشغول اره کردن بود«.

"Te sorprenderá lo bonito que es el marco de fotos".

»از زیبایی قاب عکس شگفت‌زده خواهید شد«.

"Ha colgado el marco de fotos en su habitación."

»قاب عکس را در اتاقش آویزان کرده است«.

"Cuando abra la puerta veréis su carpintería."

»وقتی در را باز کند، کارهای چوبی‌اش را خواهی دید«.

"Por cierto, me alegro de que esté aquí, señor Prokurist".

»راستی، خوشحالم که اینجا هستید، آقای پروکوریست«.

"Solos no habríamos podido lograr que Gregor abriera la puerta."

ما به تنهایی نمی‌توانستیم گرگور را مجبور به باز کردن در کنیم.

"Es muy terco", le confesó su madre al empleado.

مادرش به فروشنده اعتراف کرد: »او خیلی لجباز است«.

"Ciertamente está enfermo, aunque antes lo negó".

»او قطعاً حالش خوب نیست، هرچند قبلاً این را انکار می‌کرد«.

"Estaré allí enseguida", dijo Gregor lentamente y con cuidado.

گرگور آهسته و با احتیاط گفت: «الان میام».

Pero no hizo ningún movimiento hacia la puerta de la habitación.

اما او هیچ حرکتی به سمت در اتاق نکرد.

No quería perderse ni una palabra de la conversación.

نمی‌خواست حتی یک کلمه از مکالمه را از دست بدهد.

El secretario jefe estuvo de acuerdo con la evaluación de la madre.

دفتردار ارشد با ارزیابی مادر موافق بود.

-Tampoco puedo explicarlo de otra manera, señora.

«من هم نمی‌توانم جور دیگری توضیح بدهم، خانم».

"Esperemos que no tenga ninguna enfermedad grave", dijo.

او گفت: «بیایید همه ما امیدوار باشیم که او بیماری جدی نداشته باشد».

"Por otro lado, es un peligro en nuestra industria".

از طرف دیگر، این یک خطر در صنعت ما است.

"Nosotros, los empresarios, a menudo tenemos que superar el malestar."

ما تاجران اغلب باید بر ناراحتی غلبه کنیم.

"Los profesionales simplemente tienen que aguantar los dolores leves".

«حرفه‌ای‌ها فقط باید دردهای جزئی را تحمل کنند».

Mientras tanto su padre volvió a llamar a la otra puerta.

در همین حال، پدرش دوباره درِ دیگر را زد.

"¿Puede entrar ahora el jefe de oficina?" quiso saber.

می‌خواست بداند: «آیا الان رئیس دفتردار می‌تواند بیاید داخل؟»

"No, no puede", respondió Gregor a la pregunta de su padre.

گرگور در پاسخ به سوال پدرش گفت: «نه، نمی‌تواند».

Un silencio incómodo cayó en la habitación de la izquierda.

سکوت عجیبی اتاق سمت چپ را فرا گرفت.

En la habitación de la derecha la hermana comenzó a sollozar.

در اتاق سمت راست، خواهر شروع به هق هق کرد.

¿Por qué la hermana no se había ido a estar con los demás?

چرا خواهرش نرفته بود پیش بقیه؟

Probablemente acababa de levantarse de la cama, pensó.

با خودش فکر کرد، احتمالاً تازه از رختخواب بیرون آمده بود.

Es posible que ni siquiera haya empezado a vestirse todavía.

شاید هنوز لباس پوشیدن را شروع نکرده باشد.

Pero Gregor no podía entender por qué ella lloraba.

اما گرگور نمی‌توانست بفهمد که چرا او گریه می‌کند.

¿Fue porque no se levantó y dejó entrar al gerente?

آیا به این خاطر بود که بلند نشد و مدیر را به داخل راه نداد؟

¿Fue porque estaba en peligro de perder su trabajo?

آیا به این دلیل بود که او در خطر از دست دادن شغلش بود؟

¿Podría el jefe venir a buscar a los padres como antes?

آیا ممکن است رئیس مثل قبل دنبال والدین بیاید؟

¿Iba a volver a hacerles las mismas exigencias de siempre?

آیا او دوباره قرار بود خواسته‌های قدیمی را از آنها مطرح کند؟

Estas cosas probablemente no hacían que hubiera que preocuparse.

احتمالاً لازم نبود نگران این چیزها باشید.

Por el momento no tenía motivos para llorar.

فعلاً دلیلی برای گریه کردن نداشت.

Gregor todavía estaba allí, manteniendo a la familia.

گرگور هنوز اینجا بود و مخارج خانواده را تأمین می‌کرد.

Y nunca tuvo intención de abandonar a la familia.

و او هرگز قصد ترک خانواده را نداشت.

Por el momento, simplemente permaneció tendido sobre la alfombra.

فعلاً او فقط همانجا روی فرش دراز کشیده بود.

La familia desconocía la condición en la que se encontraba.

خانواده از وضعیت او خبر نداشتند.

Si lo hubieran sabido no habrían animado a su jefe.

اگر می‌دانستند، رئیسش را تشویق نمی‌کردند.

Ni siquiera habrían dejado entrar al gerente a la casa.

آنها حتی مدیر را هم به خانه راه نمی‌دادند.

No habría sido particularmente grosero rechazarlo.

دور کردن او خیلی بی‌ادبانه نمی‌بود.

Fácilmente podría haber encontrado una excusa adecuada más tarde.

او می‌توانست بعداً به راحتی بهانه‌ی مناسبی پیدا کند.

No era algo por lo que lo hubieran podido despedir.

این چیزی نبود که بشود به خاطرش او را اخراج کرد.

Gregor pensó que ahora sería más sensato que lo dejaran solo.

گرگور احساس کرد که حالا تنها ماندن معقول‌تر است.

Molestarlo con llantos y conversaciones no sirvió de mucho.

اذیت کردنش با گریه و حرف زدن فایده‌ی چندانی نداشت.

Pero fue la incertidumbre lo que molestó a los demás.

اما این عدم قطعیت بود که دیگران را آزار می‌داد.

Y fue esta incertidumbre la que justificó su comportamiento.

و همین عدم قطعیت بود که رفتار آنها را توجیه می‌کرد.

—¡Señor Samsa! —gritó el gerente en voz alta.

مدیر با صدای بلند فریاد زد: «آقای سامسا».

"¿Qué te pasa?" quiso saber.

می‌خواست بداند: «چه اتفاقی برایت افتاده؟»

"Te has atrincherado en tu habitación."

«خودت را در اتاقت حبس کرده‌ای».

"Solo puedes responder con un 'sí' o un 'no'."

«شما فقط با «بله» یا «خیر» پاسخ می‌دهید».

"Estás causando serias preocupaciones a tus padres."

«تو داری پدر و مادرت رو خیلی نگران می‌کنی».

"No veo ninguna buena razón para preocuparlos".

«من دلیل خوبی نمی‌بینم که چرا باید آنها را نگران کنی».

"Hay otra cosa más que mencionaré de paso."

«یک نکته دیگر هم هست که در حاشیه به آن اشاره می‌کنم».

"También estás descuidando tus obligaciones comerciales hacia nosotros".

«شما همچنین وظایف کاری خود را در قبال ما نادیده می‌گیرید».

"Esa irresponsabilidad está totalmente fuera de tu carácter".

«چنین بی‌مسئولیتی کاملاً از شخصیت شما دور است».

"Hablo aquí en nombre de tus padres y de tu jefe".

«من اینجا از طرف والدین و رئیست صحبت می‌کنم».

"Y os pido una explicación inmediata y clara."

و از شما توضیح فوری و واضح می‌خواهم.

"Todo esto realmente me sorprende, debo decir".

«باید بگویم که کل این ماجرا واقعاً مرا شگفت‌زده می‌کند».

"Pensé que te conocía como una persona tranquila y razonable."

»فکر می‌کردم شما را به عنوان یک فرد آرام و منطقی می‌شناسم«.

"Pero ahora nos estás mostrando un lado diferente de ti".

اما حالا داری جنبه‌ی دیگه‌ای از خودت رو بهمون نشون میدی.

"De repente estás mostrando tus caprichos tan peculiares."

»ناگهان داری هوس‌های عجیب و غریبت رو نشون میدی«.

"Pero podría haber una explicación para tu fracaso".

»اما شاید توضیحی برای شکست شما وجود داشته باشد«.

"El jefe mencionó una deuda que usted había cobrado para nosotros."

»رئیس از بدهی‌ای که شما برای ما جمع‌آوری کرده بودید، صحبت کرد«.

"Le di al jefe mi palabra de honor en tu nombre".

»من از طرف شما به رئیس قول شرف دادم«.

"Pero ahora veo tu incomprensible terquedad."

اما حالا لجاجت غیرقابل درک تو را می‌بینم.

"Aún podría perder todo mi deseo de ayudarte."

»هنوز هم ممکن است تمام اشتیاقم را برای کمک به تو از دست بدهم«.

"Su seguridad laboral no es en absoluto totalmente estable".

»امنیت شغلی شما به هیچ وجه کاملاً پایدار نیست«.

"Originalmente tenía la intención de contarte todo esto en privado".

»اولش قصد داشتم همه این‌ها رو خصوصی بهت بگم«.

"Pero ahora veo que quieres que pierda mi tiempo aquí".

»اما حالا می‌بینم که می‌خواهی وقتم را اینجا تلف کنم«.

"Así que no veo ninguna razón por la que tus padres no deberían saberlo."

»بنابراین دلیلی نمی‌بینم که پدر و مادرت ندانند«.

"Su desempeño reciente no ha sido satisfactorio."

»عملکرد اخیر شما رضایت‌بخش نبوده است«.

"Reconozco que las ventas son más lentas en esta época del año".

»قبول دارم که فروش در این موقع از سال کمتر است«.

"Pero no hay época del año en que no haya ventas".

اما هیچ زمانی از سال بدون فروش نیست.

Por un momento Gregor olvidó todo lo que le rodeaba.

برای لحظه‌ای گرگور همه چیز را در اطرافش فراموش کرد.

—¡Pero señor Prokurist! —gritó Gregor desesperado.

گرگور با ناامیدی فریاد زد: »اما آقای پروکوریست!«

"Abriré la puerta enseguida, ahora mismo, no te preocupes."

»الان در رو باز می‌کنم، همین الان، نگران نباش«.

"El problema es que me he estado sintiendo bastante mal."

»مشکل این است که من کاملاً احساس ناخوشی می‌کنم«.

"Mi mareo me impidió llegar a la puerta."

سرگیجه‌ام مانع از رسیدنم به در شد.

"Todavía estoy en cama, pero me siento mucho mejor."

»هنوز روی تخت دراز کشیده‌ام، اما حالم خیلی بهتر است«.

"Un momento por favor, me estoy levantando de la cama."

»یه لحظه لطفا، دارم از رختخواب بیرون میام«.

"Un momento de paciencia es todo lo que pido, señor Prokurist."

»آقای پروکوریست، فقط یک لحظه صبر از شما می‌خواهم«.

"No va tan bien como pensaba, pero estaré bien".

»اونطور که فکر می‌کردم خوب پیش نمی‌ره، اما من خوب خواهم شد«.

"¿Cómo puede sucederle algo así a una persona tan rápidamente?"

چطور ممکن است چنین اتفاقی به این سرعت برای یک نفر بیفتد؟

"Me sentí bien anoche, mis padres lo saben."

»دیشب حالم خوب بود، پدر و مادرم این را می‌دانند«.

"Pero quizá ya tuve una pequeña premonición entonces."

»اما شاید من همان موقع کمی پیش‌آگاهی داشتم«.

"Quizás te preguntes por qué no lo reporté en la oficina".

»شاید بپرسید چرا آن را به دفتر گزارش ندادم«.

"Pensé que me sentiría mucho mejor por la mañana".

فکر می‌کردم صبح دوباره حالم خیلی بهتر می‌شود.

"Uno siempre piensa que para entonces ya habrá superado la enfermedad."

آدم همیشه فکر می‌کند که تا آن موقع بر بیماری غلبه خواهد کرد.

"¡Pero por favor! ¡Libera a mis padres de estas acusaciones!"

»اما لطفا! پدر و مادرم را از این اتهامات در امان بدار«!

"No me han dicho ni una palabra de lo que me contaste."

»حتی یک کلمه هم از چیزهایی که به من گفتی به من نگفته‌اند«.

"Puede que no hayas leído las últimas órdenes que envié".

»شاید آخرین سفارش‌هایی که فرستادم را نخوانده باشی«.

"Por cierto, no tienes que preocuparte por mí hoy."

»راستی، امروز لازم نیست نگران من باشی«.

"Aun así voy a tomar el tren de las ocho."

»من هنوز هم با قطار ساعت هشت میرم«.

"Las pocas horas de descanso me han fortalecido bastante".

«چند ساعت استراحت به اندازه کافی مرا تقویت کرده است».

"Realmente no hay necesidad de esperar, gerente."

«واقعاً نیازی نیست منتظر بمانید، مدیر».

"Yo también estaré en la oficina muy pronto."

«من هم خیلی زود در دفتر خواهم بود».

"Y por favor, ten la amabilidad de decirme algo bueno".

«و لطفاً خیلی لطف کنید و یک جملهی خوب در مورد من بنویسید».

Gregor había pronunciado su explicación con bastante precipitación.

گرگور توضیحاتش را با عجله بیان کرده بود.

Apenas sabía lo que realmente estaba tratando de decir.

او به سختی میدانست که واقعاً سعی دارد چه بگوید.

Se acercó a la caja y trató de usarla para ponerse de pie.

او به سمت جعبه رفت و سعی کرد با آن بایستد.

Realmente tenía toda la intención de abrir la puerta.

او واقعاً تمام نیتش را داشت که در را باز کند.

Quería ser visto por el representante autorizado.

او میخواست نمایندهی مجاز او را ببیند.

Y quería resolver el problema con él personalmente.

و او میخواست شخصاً مشکل را با او حل کند.

Estaba ansioso por saber cómo reaccionarían los demás ante él.

او مشتاق بود بداند واکنش بقیه نسبت به او چگونه خواهد بود.

Ya deben estar ansiosos por ver cómo está.

آنها الان حتماً مشتاقند ببینند حالش چطور است.

Había dos formas posibles en las que podían reaccionar ante él.

دو راه ممکن وجود داشت که آنها می‌توانستند در برابر او واکنش نشان دهند.

Una posibilidad era que estuvieran asustados.

یک احتمال این بود که آنها ترسیده باشند.

Si estaban asustados entonces él no tenía ninguna responsabilidad.

اگر آنها ترسیده بودند، پس او هیچ مسئولیتی نداشت.

Y entonces no tendría que preocuparse por la situación.

و آنگاه او دیگر نگران اوضاع نخواهد بود.

Pero también había otra posibilidad en la que pensar.

اما احتمال دیگری هم برای فکر کردن وجود داشت.

Quizás aceptarían con calma su forma de ser.

شاید آنها با آرامش او را همانطور که بود می‌پذیرفتند.

Entonces Gregor tampoco tendría motivos para enojarse.

آنوقت گرگور هم دلیلی برای ناراحت شدن نمی‌داشت.

Todavía habría tiempo suficiente para coger el tren.

هنوز زمان کافی برای رسیدن به قطار وجود خواهد داشت.

Sin embargo, mantenerse en pie no fue una tarea fácil.

با این حال، ایستادن روی پای راست به هیچ وجه کار آسانی نبود.

En sus primeros intentos se resbaló de la caja.

در چند تلاش اولش، از جعبه لیز خورد و افتاد.

La caja era demasiado lisa para que él pudiera apoyarse contra ella.

جعبه بیش از حد صاف بود که او بتواند در مقابل آن بایستد.

Y finalmente se dio un último empujón para ponerse de pie.

و بالاخره آخرین هلش را برای بلند شدن داد.

Ya no le prestó más atención al dolor en su abdomen.

دیگر به درد شکمش توجهی نکرد.

No importaba cuánto dolor sintiera, él lo superaría.

مهم نبود درد چقدر باشد، او از آن عبور می‌کرد.

Se dejó caer contra el respaldo de una silla cercana.

او خودش را رها کرد و به پشتی صندلی‌ای که در همان نزدیکی بود، تکیه داد.

Y se agarró a los bordes con sus pequeñas piernas.

و با پاهای کوچکش لبه‌ها را محکم گرفته بود.

En ese momento ya tenía más control de sí mismo.

در این مرحله او کنترل بیشتری بر خودش پیدا کرده بود.

Y su caída fue más silenciosa que la anterior.

و سقوط او از سقوط قبلی بی‌صداتر بود.

Porque tenía que escuchar lo que decía el gerente.

چون مجبور بود به حرف مدیر گوش کند.

¿Entendieron algo de eso?, preguntó a los padres.

از والدین پرسید: «چیزی از آن را فهمیدید؟»

"No se burlaría de nosotros, ¿verdad?"

«اون که ما رو مسخره نمی‌کنه، نه؟»

—¡Por Dios! —gritó la madre, ya llorando.

مادر که دیگر داشت گریه می‌کرد، فریاد زد: «به خاطر خدا».

"Puede que esté gravemente enfermo y lo estamos atormentando".

شاید او سخت بیمار باشد و ما او را عذاب می‌دهیم».

"¡Grete! ¡Grete!", le gritó a la hija.

او به دخترش فریاد زد: «گرت! گرت»!

"¿Mamá?" llamó la hermana desde el otro lado.

خواهر از آن طرف صدا زد: «مادر؟»

Luego se comunicaron a través de la habitación de Gregor.

سپس آنها از طریق اتاق گرگور با هم ارتباط برقرار کردند.

Gregor está muy enfermo y necesita medicamentos.

گرگور خیلی مریض است و به دارو نیاز دارد.

"Tendrás que ir al médico inmediatamente."

»باید فوراً به پزشک مراجعه کنی«.

¿Escuchaste cómo habló Gregor hace un momento?

»شنیدی گرگور الان چطور حرف زد؟«

"Esa era la voz de un animal", dijo el gerente.

مدیر گفت: »این صدای یک حیوان بود«.

Sus palabras eran silenciosas comparadas con los gritos de la madre.

کلماتش در مقایسه با فریادهای مادر آرام بود.

—¡Anna! ¡Anna! —llamó el padre desde la antesala.

پدر از توی اتاق انتظار صدا زد: »آنا! آنا«!

Y aplaudió para llamar su atención.

و برای جلب توجه آنها، دست‌هایش را به هم زد.

"¡Llama a un cerrajero inmediatamente!" le ordenó a la criada.

به خدمتکار دستور داد: »فوراً یک قفل‌ساز خبر کنید«!

Las muchachas, con sus faldas, corrían por la antesala.

دخترها، با دامن‌هایشان، از اتاق انتظار دویدند.

Y sus faldas crujieron mientras corrían frente a su habitación.

و دامن‌هایشان خش‌خش می‌کرد، در حالی که از کنار اتاقش می‌دویدند.

"¿Cómo se vistió la hermana tan rápido?" pensó.

با خودش فکر کرد: »چطور خواهر اینقدر سریع لباس پوشید؟«

La puerta se abrió de golpe, pero no se cerró de golpe.

در از جا کنده شده بود، اما محکم بسته نشده بود.

Esto es común en los hogares donde ocurre una gran desgracia.

این اتفاق در خانه‌هایی که بدبختی بزرگی رخ می‌دهد، رایج است.

Pero todo esto había hecho que Gregor se volviera mucho más tranquilo.

اما همه اینها باعث شده بود گرگور خیلی آرام‌تر شود.

Cuando escuchó sus propias palabras le parecieron claras.

وقتی کلمات خودش را شنید، به نظرش واضح آمدند.

De hecho, sintió que sus palabras habían sido más claras.

در واقع او احساس می‌کرد که کلماتش واضح‌تر شده‌اند.

Pero los demás ya no entendían lo que decía.

اما بقیه دیگر حرف‌هایش را نمی‌فهمیدند.

Quizás ya se había acostumbrado a sus oídos.

شاید تا حالا به گوش‌هایش عادت کرده بود.

Pero al menos ahora entendían mejor su situación.

اما حداقل حالا آنها موقعیت او را بهتر درک می‌کردند.

Se dieron cuenta de que realmente había algo mal con él.

آنها فهمیدند که واقعاً مشکلی با او وجود دارد.

Y ahora estaban haciendo todo lo que podían para ayudarlo.

و حالا آنها تمام تلاش خود را برای کمک به او انجام می‌دادند.

Esto le dio a Gregor una sensación de confianza que le faltaba.

این به گرگور حس اعتماد به نفسی داد که کم داشت.

Y se sintió nuevamente mucho más seguro en la familia.

و او دوباره در خانواده احساس امنیت بسیار بیشتری می‌کرد.

Se sintió incluido nuevamente en el círculo humano.

او احساس کرد که دوباره در دایره انسانیت قرار گرفته است.

Ahora tenía que esperar que el cerrajero pudiera abrir la puerta.

حالا باید امیدوار بود که قفل‌ساز بتواند در را باز کند.

Y esperaba que el médico pudiera realizar tales tareas.

و او امیدوار بود که دکتر بتواند چنین وظایفی را انجام دهد.

Pronto tendría que hablar más.

او قرار بود به زودی دوباره بیشتر صحبت کند.

Su voz tendría que ser lo más clara posible.

قرار بود صدایش تا حد امکان واضح باشد.

Para prepararse para la reunión se aclaró la garganta.

برای آماده شدن برای جلسه، گلویش را صاف کرد.

Sin embargo, hizo todo lo posible para toser muy silenciosamente.

با این حال، تمام تلاشش را کرد که فقط خیلی آرام سرفه کند.

El ruido podría haber sonado diferente a una tos humana.

ممکن است این صدا با سرفه انسان متفاوت بوده باشد.

Sabía que ya no podía diferenciar esas cosas.

او می‌دانست که دیگر نمی‌تواند چنین چیزهایی را از هم تشخیص دهد.

En la habitación contigua reinaba un silencio absoluto.

در اتاق کناری کاملاً ساکت شده بود.

Los padres probablemente estaban sentados a la mesa.

احتمالاً پدر و مادر سر سفره نشسته بودند.

Quizás estaban susurrando con el gerente.

شاید داشتند با مدیر پچ پچ می‌کردند.

Quizás todos estaban apoyados en la puerta y escuchando.

شاید همه به در تکیه داده بودند و گوش می‌دادند.

Gregor empujó lentamente la silla hacia la puerta.

گرگور به آرامی صندلی را به سمت در هل داد.

Empujó la puerta y se mantuvo en pie.

در را هل داد و خودش را صاف نگه داشت.

Se enteró de que las almohadillas de sus pies tenían un poco de pegamento.

او فهمید که کف پاهایش کمی چسب دارد.

Y descansó allí un momento del esfuerzo.

و او لحظه‌ای از شدت کار و تلاش، آنجا آرام گرفت.

Después de descansar lo suficiente, comenzó con la siguiente tarea.

پس از استراحت کافی، او کار بعدی را شروع کرد.

Empezó a girar la llave en la cerradura con la boca.

با دهانش شروع به چرخاندن کلید در قفل کرد.

Desafortunadamente, parecía que no tenía dientes reales.

متأسفانه، به نظر می‌رسید که او دندان واقعی ندارد.

¿Pero qué otra forma tenía de conseguir las llaves?

اما او چه راه دیگری برای گرفتن کلیدها داشت؟

Afortunadamente para él, sus mandíbulas eran, por supuesto, muy fuertes.

خوشبختانه برای او، آرواره‌هایش البته بسیار قوی بودند.

Con la ayuda de sus mandíbulas realmente consiguió mover la llave.

با کمک آرواره‌هایش واقعاً کلید را به حرکت درآورد.

No tenía ninguna duda de que él también se estaba haciendo daño.

او شکی نداشت که به خودش هم آسیب می‌رساند.

Porque de su boca salía un líquido marrón.

چون مایعی قهوه ای رنگ از دهانش بیرون می آمد.

El líquido marrón fluyó sobre la llave y por la puerta.

مایع قهوه‌ای رنگ از روی کلید جاری شد و از در پایین رفت.

Pero a Gregorio no le importaba hacerse daño a sí mismo.

اما گرگور اهمیتی نمی‌داد که دارد به خودش آسیب می‌رساند.

"¿Puedes oír eso?" dijo el gerente en la habitación de al lado.

مدیر اتاق بغلی گفت: «صدامو می‌شنوی؟»

"Está girando la llave", había notado el gerente.

مدیر متوجه شده بود: «او دارد کلید را می‌چرخاند.»

Estas palabras fueron un gran estímulo para Gregor.

این سخنان برای گرگور دلگرمی بزرگی بود.

Pero el padre y la madre también deberían haber gritado:

اما پدر و مادر باید فریاد می‌زدند:

«¡Bien, Gregor!», deberían haberle gritado.

باید سرش داد می‌زدند: «آفرین، گرگور».

"Sigue adelante, sigue girando esa llave, puedes lograrlo".

«ادامه بده، اون کلید رو بچرخون، تو می‌تونی انجامش بدی».

Pero Gregor tuvo que imaginarse su emoción.

اما در عوض گرگور مجبور بود هیجان آنها را تصور کند.

Apretó las mandíbulas con toda la fuerza que tenía.

با تمام قدرتی که داشت، فکش را به هم فشرد.

Y continuó girando la llave en la cerradura.

و همچنان کلید را در قفل می‌چرخاند.

Dolorosamente su cuerpo se retorció en un círculo.

بدنش با درد دور خودش به شکل دایره‌ای پیچید.

Ahora se mantenía erguido únicamente con la boca.

حالا او فقط با دهانش خودش را سرِ پا نگه داشته بود.

Para seguir girando la llave presionó contra la puerta.

برای اینکه به چرخاندن کلید ادامه دهد، آن را به در فشار داد.

Finalmente el chasquido de la cerradura despertó de nuevo a Gregor.

بالاخره صدای تق‌تق قفل، گرگور را دوباره بیدار کرد.

"Así que no necesité al cerrajero", suspiró aliviado.

«پس به قفل‌ساز احتیاج نداشتم.» با آسودگی آهی کشید.

Ahora sólo faltaba abrir la puerta que había desbloqueado.

حالا فقط باید دری را که قفلش را باز کرده بود، باز می‌کرد.

Y con la cabeza en el pomo abrió la puerta.

و در حالی که سرش را روی دستگیره گذاشته بود، در را باز کرد.

Estaba detrás de la puerta que daba a su habitación.

او پشت دری بود که به اتاقش باز می‌شد.

Así que la puerta ya estaba abierta antes de que pudiera ser visto.

بنابراین، قبل از اینکه او دیده شود، در از قبل باز شده بود.

A continuación tuvo que maniobrar para rodear la puerta.

بعد مجبور شد خودش را از کنار در عبور دهد.

Este difícil movimiento también requirió mucho esfuerzo.

این حرکت دشوار، تلاش زیادی هم می‌طلبید.

No quería caer torpemente en la habitación contigua.

او نمی‌خواست دست و پا چلفتی به اتاق بغلی بیفتد.

Así que no tuvo tiempo de prestar atención a nada más.

بنابراین او وقت نداشت که به چیز دیگری توجه کند.

Pero entonces oyó al jefe de oficina exclamar en voz alta: "¡Oh!".

اما ناگهان شنید که رئیس دفتر با صدای بلند «اوه!» گفت.

Sonaba como si el viento corriera a través de la casa.

انگار باد توی خونه می‌پیچید.

Resultó que él era el que estaba más cerca de la puerta.

اتفاقاً او از همه به در نزدیک‌تر بود.

Y al verlo, se llevó la mano a la boca.

و حالا، با دیدن او، دستش را روی دهانش گذاشت.

Se movió lentamente hacia atrás, alejándose de Gregor.

او به آرامی خودش را به عقب کشید و از گرگور دور شد.

Pero era como si una fuerza invisible actuara sobre él.

اما انگار نیرویی نامرئی او را تحت تأثیر قرار داده بود.

Lo primero que hizo la madre fue mirar al padre.

اولین کاری که مادر کرد، نگاه کردن به پدر بود.

A pesar de la presencia del gerente, su cabello estaba despeinado.

با وجود حضور مدیر، موهایش ژولیده بود.

Desplegó los brazos y dio dos pasos hacia adelante.

دست‌هایش را از هم باز کرد و دو قدم جلو آمد.

Pero entonces se desplomó en medio de su falda.

اما ناگهان در میان دامنش فرو ریخت.

Su vestido se extendió a su alrededor en el suelo.

لباسش دور تا دور بدنش روی زمین پخش شد.

Y su cabeza desapareció sobre sus propios pechos.

و سرش روی سینه‌های خودش ناپدید شد.

El padre apretó el puño con expresión hostil.

پدر با حالتی خصمانه مشتش را گره کرد.

Parecía querer que Gregor fuera empujado de nuevo a su habitación.

به نظر می‌رسید که دلش می‌خواست گرگور را به اتاقش برگردانند.

Luego miró con incertidumbre alrededor de la sala de estar.

سپس با تردید به اطراف اتاق نشیمن نگاه کرد.

Y finalmente se cubrió los ojos entre las manos.

و بالاخره چشمانش را میان دستانش گرفت.

Y lloró amargamente hasta que su poderoso pecho se estremeció.

و او به تلخی گریست تا جایی که سینه‌ی ستبرش لرزید.

Gregor en realidad no entró en su habitación.

گرگور اصلاً وارد اتاق آنها نشد.

En lugar de eso, se apoyó contra el marco de la puerta.

در عوض، خودش را به چارچوب در تکیه داد.

Para los que estaban desde fuera solo era visible la mitad de su cuerpo.

فقط نیمی از بدنش برای کسانی که بیرون بودند قابل مشاهده بود.

Y encima de su cuerpo estaba su cabeza, inclinada hacia un lado.

و سرش که به پهلو خم شده بود، روی بدنش قرار داشت.

Para entonces la luz se había vuelto mucho más brillante que antes.

حالا دیگر نور خیلی بیشتر از قبل شده بود.

Ahora se podía ver claramente el otro lado de la calle.

حالا می‌شد به وضوح آن طرف خیابان را دید.

Apareció una sección del interminable y gris hospital.

بخشی از بیمارستان بی‌انتها و خاکستری رنگ نمایان شد.

La lluvia de la mañana aún no había parado del todo de caer.

باران صبحگاهی هنوز کاملاً بند نیامده بود.

Pero ahora las gotas de lluvia eran más grandes y estaban más separadas.

اما حالا قطرات باران بزرگتر و از هم دورتر بودند.

Los platos del desayuno estaban en abundancia en la mesa.

ظرف‌های صبحانه به وفور روی میز بود.

El padre pensaba que el desayuno era la comida más importante.

پدر، صبحانه را مهمترین وعده غذایی می‌دانست.

El desayuno era una comida que se prolongaba durante horas.

صبحانه وعده غذایی بود که او ساعت‌ها آن را کش می‌داد.

Y en esas horas leía los distintos periódicos.

و در این ساعات روزنامه‌های مختلف را می‌خواند.

Justo en la pared opuesta colgaba una fotografía de Gregor.

درست روی دیوار روبرو، عکسی از گرگور آویزان بود.

La fotografía en la pared lo mostraba como teniente.

عکس روی دیوار او را در مقام ستوان نشان می‌داد.

Era una fotografía de su época en el ejército.

عکس مربوط به دوران سربازی‌اش بود.

Su mano estaba sobre su espada y tenía una sonrisa despreocupada.

دستش روی شمشیرش بود و لبخندی بی‌خیال بر لب داشت.

Su postura y su uniforme exigían cierto respeto.

طرز ایستادن و لباس فرمش احترام خاصی را می‌طلبید.

La otra puerta que conducía a la antesala también estaba abierta.

درِ دیگری که به اتاق انتظار منتهی می‌شد نیز باز بود.

Y la puerta del apartamento todavía estaba abierta también.

و درِ آپارتمان هم هنوز باز بود.

Se podía ver hasta el patio delantero del apartamento.

می‌شد تمام حیاط جلویی آپارتمان را دید.

Y luego las escaleras conducían a la calle de abajo.

و سپس پله‌ها به خیابان پایین منتهی می‌شدند.

Gregor fue el único que mantuvo la compostura.

گرگور تنها کسی بود که آرامش خود را حفظ کرده بود.

Él vio esto, por lo que la conversación era su responsabilidad.

او این را دید، بنابراین گفتگو مسئولیت او بود.

"Bueno, ahora me voy a vestir para ir a trabajar", dijo.

گفت: «خب، الان می‌روم لباس بپوشم و بروم سر کار».

"Después de haber empaquetado las muestras textiles, me iré."

«بعد از اینکه نمونه‌های پارچه را بسته‌بندی کردم، می‌روم».

"¿Aún tiene intención de dispararme, señor Prokurist?"

«آقای پروکوریست، هنوز هم قصد دارید مرا اخراج کنید؟»

"Como puedes ver, no soy tan terco como pensabas."

«همانطور که می‌بینی، من آنقدرها هم که فکر می‌کردی لجباز نیستم».

"Y puedes ver que después de todo me gusta trabajar".

«و می‌بینی که بالاخره من کار کردن را دوست دارم».

"Puedo admitir que viajar por trabajo no es fácil".

«می‌توانم اعتراف کنم که سفر کاری آسان نیست.

"Pero también puedo aceptar que es parte de mi trabajo".

اما می‌توانم بپذیرم که این بخشی از شغل من است».

"Gerente, ¿adónde va? ¿De vuelta a la oficina?"

«مدیر، کجا می‌روید؟ برمی‌گردید به دفتر؟»

"¿Informarás verazmente de todo lo que has visto?"

«آیا هر آنچه را که دیده‌ای صادقانه گزارش خواهی داد؟»

"A veces sucede que uno no puede ir a trabajar."

«گاهی اوقات اتفاق می‌افتد که کسی نمی‌تواند سر کار برود».

"Este es el momento adecuado para recordar los logros pasados".

الان زمان مناسبی برای یادآوری دستاوردهای گذشته است».

"Después de eliminar la dificultad, uno trabaja aún mejor."

«بعد از رفع سختی، آدم حتی بهتر هم کار می‌کند».

"Mi diligencia y concentración aumentarán".

«قرار است پشتکار و تمرکز من افزایش یابد».

"Sabes muy bien que estoy en deuda con el jefe."

«خودت خوب می‌دانی که من مدیون رئیس هستم».

"Pero también estoy preocupada por mis padres y mi hermana".

اما در عین حال، نگران پدر و مادرم و خواهرم هم هستم».

"Estoy en una situación difícil, pero encontraré la manera de salir de ella".

«من در شرایط سختی هستم، اما راه خودم را برای خروج از آن

پیدا خواهم کرد».

"No hagas esto más difícil de lo que ya es."

«این وضعیت را از اینی که هست سخت‌تر نکن».

 "Como compañeros de trabajo también tenemos que ayudarnos unos a otros".

ما به عنوان همکاران باید به یکدیگر کمک کنیم.

"Sé que a los trabajadores de oficina no les gustan los viajeros".

«می‌دانم که کارمندان ادارات از مسافران خوششان نمی‌آید».

"¿Crees que ganamos una fortuna y llevamos una buena vida?"

»فکر می‌کنی ما کلی پول درمی‌آریم و زندگی خوبی داریم؟«

"No tienen ningún motivo real para considerar sus prejuicios".

»آنها هیچ دلیل واقعی برای بررسی تعصب خود ندارند«.

"Pero usted, oficial autorizado, tiene un papel diferente."

»اما شما، مأمور مجاز، نقش متفاوتی دارید«.

"Tienes una mejor visión general que el resto del personal".

»شما نسبت به سایر کارکنان، دید کلی بهتری دارید«.

"De hecho, creo que probablemente tengas la mejor visión general".

»در واقع فکر می‌کنم شما بهترین دید کلی را دارید«.

"Tienes una visión mejor que el propio jefe".

»تو از خود رئیس هم دید کلی بهتری داری«.

"Admito que el jefe hace el trabajo empresarial".

»من اعتراف می‌کنم که رئیس واقعاً کارهای کارآفرینی را انجام می‌دهد«.

"Pero es fácil que sus juicios sean erróneos."

اما قضاوت‌های او به راحتی می‌تواند گمراه‌کننده باشد.

"Y estos pequeños errores de juicio pueden ser en nuestro detrimento".

و این قضاوت‌های نادرست کوچک می‌تواند به ضرر ما تمام شود«.

"Ya sabes lo fácil que es hablar del viajero."

»می‌دانی که حرف زدن درباره مسافر چقدر آسان است«.

"Él no está allí para defender su reputación de los chismes".

او آنجا نیست که از آبرویش در برابر شایعات دفاع کند«.

"Esas acusaciones pueden fácilmente ser meras coincidencias".

این اتهامات می‌توانند به راحتی تصادفی باشند.

"Muchas quejas ni siquiera tienen su base en ninguna verdad."

»بسیاری از شکایات حتی ریشه در هیچ حقیقتی ندارند«.

"Está fuera de la oficina casi todo el año."

او تقریباً تمام سال را در دفتر کار خود نیست.

¿Qué posibilidades tiene de defender su propia reputación?

»او چه شانسی برای دفاع از آبروی خودش دارد؟«

"Ni siquiera se entera de las acusaciones".

او حتی حاضر نیست در مورد اتهامات چیزی بشنود.

"Se entera de lo que se ha dicho cuando ya es demasiado tarde."

»او زمانی متوجه می‌شود که چه چیزی گفته شده است که خیلی دیر شده است«.

A estas alturas ya está exhausto por el viaje del día.

»در آن مرحله او از سفر روزانه خسته شده است«.

"De todos modos, tendrá que experimentar las terribles consecuencias".

او در هر صورت باید عواقب وحشتناک آن را تجربه کند«.

"Aunque no tiene forma de entender el problema."

»حتی با اینکه او هیچ راهی برای فهمیدن مشکل ندارد«.

"Oh, gerente, no se vaya sin decirme una palabra".

»ای مدیر، بدون اینکه چیزی به من بگویی نرو«.

"Al menos dime que estás de acuerdo conmigo en parte."

»حداقل بگو که تا حدودی با من موافقی«.

Pero el manager se había alejado de Gregor mucho antes.

اما مدیر خیلی زودتر از گرگور روی برگردانده بود.

Su hombro se contrajo cuando volvió a mirar a Gregor.

وقتی دوباره به گرگور نگاه کرد، شانه‌اش لرزید.

Y no se quedó quieto ni un solo momento durante su discurso.

و در طول سخنرانی حتی یک بار هم بی‌حرکت نایستاد.

Él había mirado a Gregor con los labios fruncidos.

او با لب‌های جمع‌شده به گرگور نگاه می‌کرد.

Se había ido retirando gradualmente hacia la puerta.

او به تدریج به سمت در عقب‌نشینی می‌کرد.

Pero tampoco podía apartar la mirada de Gregor.

اما او نمی‌توانست چشم از گرگور بردارد.

Sintió como si hubiera una prohibición secreta de salir de la habitación.

او احساس می‌کرد که یک ممنوعیت مخفی برای خروج از اتاق وجود دارد.

Pero a estas alturas ya estaba en el vestíbulo de entrada.

اما در این مرحله او دیگر در راهروی ورودی بود.

Y ahora hizo un movimiento repentino hacia la salida.

و حالا او با حرکتی ناگهانی به سمت در خروجی رفت.

Extendió su mano derecha hacia las escaleras.

دست راستش را به سمت پله‌ها دراز کرد.

Quizás una fuerza sobrenatural estaba esperando para salvarlo.

شاید نیرویی ماوراءالطبیعه منتظر نجات او بود.

Gregor sabía que no podía permitir que se fuera así.

گرگور می‌دانست که نمی‌تواند اجازه دهد او به این شکل آنجا را ترک کند.

El gerente no debe regresar con el mismo humor en el que estaba.

مدیر نباید با همان حال و هوایی که داشت، برگردد.

La seguridad del trabajo de Gregor estaba en grave peligro.

امنیت شغلی گرگور به شدت در خطر بود.

Los padres no podían comprender plenamente todo esto.

والدین نمی‌توانستند همه اینها را کاملاً درک کنند.

Con los años se habían acostumbrado a su seguridad laboral.

در طول این سال‌ها، آنها به امنیت شغلی او عادت کرده بودند.

Y se convencieron de que tenía el trabajo de por vida.

و آنها متقاعد شده بودند که او این شغل را تا آخر عمر دارد.

En lugar de eso, se habían ocupado de otras preocupaciones.

در عوض، آنها با نگرانی‌های بیشتری مشغول شده بودند.

Pero estas preocupaciones les hicieron perder toda previsión.

اما این نگرانی‌ها باعث شد که آنها تمام دوراندیشی خود را از دست بدهند.

Gregor, sin embargo, no había perdido la previsión paterna.

با این حال، گرگور دوراندیشی والدین را از دست نداده بود.

Alguien tenía que detener al representante autorizado.

یکی باید جلوی نماینده مجاز رو می‌گرفت.

Iba a tener que calmarlo y convencerlo.

باید او را آرام می‌کرد و متقاعدش می‌ساخت.

¡El futuro de Gregor y su familia dependía de ello!

آینده گرگور و خانواده‌اش به آن بستگی داشت!

Ojalá la inteligente hermana hubiera estado allí para ayudar.

کاش آن خواهر باهوش اینجا بود تا کمک کند.

Ella ya había llorado cuando Gregor todavía estaba en su habitación.

او قبلاً وقتی گرگور هنوز در اتاقش بود گریه کرده بود.

En ese momento él simplemente yacía tranquilamente boca arriba.

در آن لحظه او فقط آرام به پشت دراز کشیده بود.

Ella ya sabía entonces la importancia de la situación.

او از قبل اهمیت موقعیت را می‌دانست.

El gerente tenía una debilidad bien conocida por las mujeres.

مدیر به زن‌ها علاقه‌ی خاصی داشت.

Ella fácilmente podría haberlo persuadido para que se quedara más tiempo.

او به راحتی می‌توانست او را متقاعد کند که بیشتر بماند.

Ella habría cerrado la puerta y lo habría guiado adentro.

او در را می‌بست و او را به داخل راهنمایی می‌کرد.

Pero desafortunadamente la hermana había ido a buscar un médico.

اما متأسفانه خواهر رفته بود تا دکتر بیاورد.

Así que Gregor no tuvo más remedio que hacerlo él mismo.

بنابراین گرگور چاره‌ای جز انجام این کار توسط خودش نداشت.

No había considerado cuáles eran realmente sus habilidades.

او به توانایی‌های واقعی‌اش فکر نکرده بود.

Y se había olvidado de desconfiar de su capacidad de hablar.

و فراموش کرده بود که به توانایی صحبت کردن خود اعتماد نداشته باشد.

Pero aún así, abandonó la seguridad de su habitación.

اما با این وجود، او امنیت اتاقش را ترک کرد.

Y se abrió paso a través de la abertura de la habitación.

و خودش را از روزنه اتاق به بیرون هل داد.

El gerente ya estaba bajando las escaleras.

مدیر داشت از پله‌ها پایین می‌آمد.

Pero él se agarraba a la barandilla con ambas manos.

اما او با هر دو دست نرده‌ها را گرفته بود.

Gregor se cayó mientras intentaba atravesar la puerta.

گرگور همین که خودش را از در بیرون کشید، افتاد.

**Dejó escapar un pequeño grito mientras trataba de agarrar
algo para apoyarse.**

او جیغ خفیفی کشید و برای کمک گرفتن، چیزی را گرفت.

Pero en lugar de pánico, sintió un bienestar físico.

اما به جای وحشت، او احساس تندرستی جسمی می‌کرد.

Por primera vez esa mañana algo se sintió bien.

برای اولین بار آن روز صبح، چیزی درست به نظر می‌رسید.

Todas sus piernas ahora tenían tierra sólida debajo de ellas.

حالا تمام پاهایش زیرشان محکم و استوار بود.

Se sorprendió de lo bien que podía controlar sus piernas.

او از اینکه چقدر خوب می‌توانست پاهایش را کنترل کند،

شگفت‌زده شده بود.

**Se alegró de notar que sus piernas le obedecían
completamente.**

او از اینکه متوجه شد پاهایش کاملاً از او اطاعت می‌کنند،

خوشحال بود.

De hecho, sus piernas lo llevaban a donde quería.

در واقع پاهایش او را به هر کجا که می‌خواست می‌بردند.

Pronto todas sus penas estaban destinadas a llegar a su fin.

به زودی تمام غم و اندوه او به پایان رسید.

Pero en ese mismo momento su propia madre saltó.

اما درست در همان لحظه مادرش از جا پرید.

Sus brazos estaban extendidos y sus dedos separados.

بازوهایش کشیده و انگشتانش از هم باز شده بودند.

Y ella gritó: "¡Socorro! ¡Por el amor de Dios, que alguien ayude!"

و او فریاد زد: «کمک، به خاطر خدا یکی کمک کنه»!

Ella inclinó la cabeza; quería ver mejor a Gregor.

سرش را کج کرد؛ می‌خواست گرگور را بهتر ببیند.

Pero en contraposición a la primera acción, ella corrió hacia atrás.

اما در انقباض به اولین اقدام، او به عقب دوید.

Se había olvidado que la mesa estaba puesta detrás de ella.

فراموش کرده بود که میز پشت سرش چیده شده است.

Todos los elementos para el desayuno todavía estaban en la mesa.

تمام وسایل صبحانه هنوز روی میز بود.

Se sentó apresuradamente en la mesa, como distraída.

او با عجله روی میز نشست، انگار حواسش پرت شده بود.

Y ella no pareció darse cuenta del café derramado.

و انگار متوجه قهوه ریخته شده نشد.

El café que ahora estaba empapando la alfombra.

قهوه‌ای که حالا داشت توی فرش نفوذ می‌کرد.

—Mamá, madre —dijo Gregor suavemente, mirándola.

گرگور به آرامی گفت: «مادر، مادر،» و به او نگاه کرد.

Por el momento el manager no era importante para él.

فعلاً مدیر برایش مهم نبود.

Pero también estaba el café goteando sobre la alfombra.

اما چکه‌های قهوه روی فرش هم بود.

Gregor no pudo resistirse a chasquear las mandíbulas al tomar el café.

گرگور نتوانست جلوی خودش را بگیرد و از شدت هیجان قهوه را به هم کوبید.

La madre comenzó a llorar nuevamente por su comportamiento.

مادر دوباره به خاطر رفتار او شروع به گریه کرد.

Ella saltó de la mesa para distanciarse de él.

از روی میز پایین پرید تا از او فاصله بگیرد.

Y ella corrió a los brazos del padre, buscando seguridad.

و او برای حفظ جانش به آغوش پدر دوید.

Pero Gregor ya no tenía tiempo que perder con sus padres.

اما گرگور دیگر وقتی برای پدر و مادرش نداشت.

El oficial autorizado ya estaba en las escaleras.

مأمور مجاز از قبل روی پله‌ها بود.

Apoyó la barbilla en la barandilla para mirar dentro de la casa.

چانه‌اش را به نرده تکیه داده بود تا داخل خانه را ببیند.

Al parecer quería echar un último vistazo al espectáculo.

ظاهراً می‌خواست آخرین نگاه را به آن منظره بیندازد.

Y Gregor hizo un último esfuerzo para llegar hasta el gerente.

و گرگور آخرین تلاشش را کرد تا با مدیر تماس بگیرد.

Corrió hacia la puerta tan seguro como pudo.

او با تمام سرعت و احتیاطی که می‌توانست، به سمت در دوید.

Pero el jefe de oficina debía de sospechar algo.

اما حتماً رئیس دفتردار به چیزی مشکوک شده بود.

Porque saltó varios escalones y desapareció.

چون از چند پله پایین پرید و ناپدید شد.

—¡Huh! —gritó Gregor, resonando en la escalera.

گرگور فریاد زد: «ها!» و صدایش در راه‌پله پیچید.

La fuga del gerente también pareció confundir a su padre.

به نظر می‌رسید فرار مدیر، پدرش را هم گیج کرده است.

Hasta entonces había conseguido mantener la compostura.

او تا آن زمان توانسته بود کاملاً خونسرد بماند.

Pero desgraciadamente él también perdió la compostura que había tenido.

اما متأسفانه او نیز آرامشی را که داشت از دست داد.

Lo que debería haber hecho es ayudar a Gregor en su persecución.

کاری که او باید انجام می‌داد این بود که به گرگور در تعقیبش کمک می‌کرد.

Pero con una mano agarró el bastón del gerente.

اما، او عصای مدیر را با یک دست گرفت.

Y en la otra mano sostenía ahora un periódico.

و در دست دیگرش حالا یک روزنامه گرفته بود.

Y ahora estorbó directamente a Gregor en su persecución.

و حالا او مستقیماً مانع تعقیب گرگور شد.

Se había colocado entre Gregor y la calle.

او خودش را بین گرگور و خیابان قرار داده بود.

Golpeó el suelo con los pies y agitó el palo y el periódico.

پاهایش را به زمین کوبید و عصا و روزنامه را تکان داد.

Y él estaba forzando activamente a Gregor a regresar a su habitación.

و او داشت با جدیت گرگور را مجبور می‌کرد که به اتاقش برگردد.

Ninguna de las peticiones que Gregor intentó hacer sirvió de algo.

هیچ‌کدام از درخواست‌هایی که گرگور سعی کرد مطرح کند، کمکی نکرد.

Porque ninguna de las peticiones que hizo fue entendida.

زیرا هیچ یک از درخواست هایی که او مطرح کرد، فهمیده نشد.

Giró la cabeza hacia un ángulo más profundo y humilde.

سرش را به زاویه‌ای عمیق‌تر و فروتنانه‌تر چرخاند.

Pero su padre respondió golpeando el suelo con más fuerza.

اما پدرش با محکم‌تر کوبیدن پاهاش جواب داد.

La madre abrió una ventana, a pesar del clima frío.

مادر، با وجود هوای خنک، پنجره را باز کرد.

Y apretó su cara entre sus manos en el frío.

و از سرما صورتش را بین دستانش فشرد.

El viento ahora podría pasar por todo el apartamento.

حالا باد می‌توانست از تمام آپارتمان عبور کند.

Una fuerte corriente de aire soplaba desde la escalera hacia el callejón.

باد شدیدی از راه پله به کوچه می وزید.

Las cortinas se agitaban a causa del fuerte viento.

پرده‌ها از شدت باد تکان می‌خوردند.

Y él periódico sobre la mesa crujió con el viento.

و روزنامه روی میز در باد خش خش می‌کرد.

Incluso algunas hojas fueron arrastradas hasta el interior de la casa desde el exterior.

حتی بعضی از برگ‌ها از بیرون به داخل خانه پرتاب شده بودند.

El padre pateaba y empujaba sin descanso.

پدر پاهایش را محکم به زمین کوبید و بی‌وقفه هل داد.

Y silbaba y hacía ruidos como lo haría un hombre salvaje.

و او هیس هیس می‌کرد و صداهایی شبیه به صداهای یک مرد وحشی از خودش درمی‌آورد.

Pero Gregor aún no había practicado el caminar hacia atrás.

اما گرگور هنوز راه رفتن به عقب را تمرین نکرده بود.

Incluso Gregor admitiría que este movimiento era mucho más lento.

حتی گرگور هم اعتراف می‌کرد که این حرکت خیلی کندتر بود.

Pero lo único que quería era la oportunidad de cambiar las cosas.

با این حال، تنها چیزی که می‌خواست، فرصتی برای تغییر بود.

Entonces se habría ido directamente a su habitación.

بعدش هم مستقیم میرفت تو اتاقش.

Pero tenía demasiado miedo de impacientar a su padre.

اما او خیلی می‌ترسید که پدرش را بی‌صبر کند.

Y allí estaba la amenaza de un golpe con el palo.

و تهدید به ضربه با چوب هم وجود داشت.

Un golpe así en la parte posterior de la cabeza podría ser fatal.

چنین ضربه‌ای به پشت سر می‌تواند کشنده باشد.

Pero al final Gregor no tuvo otra opción.

اما در نهایت گرگور چاره دیگری نداشت.

Se dio cuenta de que ni siquiera podía caminar hacia atrás en línea recta.

او متوجه شد که حتی نمی‌تواند مستقیم به عقب راه برود.

Empezó a girar tan rápido como pudo.

او با بیشترین سرعتی که می‌توانست شروع به چرخیدن کرد.

Pero en realidad este movimiento giratorio era igualmente
lento.

اما در واقعیت، این حرکت چرخشی به همان اندازه کند بود.

Y le siguieron las miradas ansiosas del padre.

و نگاه های نگران پدر او را دنبال می کرد.

Quizás el padre notó las buenas intenciones de Gregor.

شاید پدر متوجه نیت خیر گرگور شده بود.

Porque no le impidió darse la vuelta.

زیرا او از چرخیدن مزاحم او نشد.

Incluso utilizó la punta de su bastón para guiar la rotación.

او حتی از نوک چوبش برای هدایت چرخش استفاده می‌کرد.

¡Pero Gregor aún deseaba que su padre no le hubiera
silbado!

اما گرگور هنوز آرزو می‌کرد که کاش پدر به او هیس نکرده بود!

El silbido sólo aumentó la confusión del momento.

صدای خش‌خش فقط به آشفتگی آن لحظه می‌افزود.

Y luego cometió un error y giró en la dirección equivocada.

و بعد اشتباه کرد و راه را اشتباه رفت.

Al final logró encarar el camino correcto.

در نهایت او بالاخره موفق شد با راه درست روبرو شود.

Y estaba satisfecho con el progreso que había logrado.

و از پیشرفتی که کرده بود، راضی بود.

Pero entonces el siguiente problema se hizo aún más
evidente.

اما مشکل بعدی حتی بیشتر آشکار شد.

Su cuerpo era demasiado ancho para pasar fácilmente por la puerta.

بدنش آنقدر پهن بود که به راحتی از در رد نمی‌شد.

En su estado actual el padre no se dio cuenta de esto.

پدر در وضعیت فعلی‌اش متوجه این موضوع نشد.

Así que no se le ocurrió abrir más la puerta.

بنابراین به ذهنش خطور نکرد که در را بیشتر باز کند.

Entonces habría habido suficiente espacio para Gregor.

آنوقت فضای کافی برای گرگور وجود می‌داشت.

Su única prioridad era conseguir que Gregor entrara a su habitación.

تنها اولویت او این بود که گرگور را به اتاقش ببرد.

Habría tenido que ponerse de pie para poder pasar por la puerta.

او مجبور بود برای عبور از در، بایستد.

Pero el padre no hubiera permitido tal maniobra.

اما پدر اجازه چنین مانوری را نمی‌داد.

De hecho, le estaba siseando aún más salvajemente que antes.

در واقع، او حتی وحشی‌تر از قبل داشت با او هیس می‌کرد.

Sonaba como si más de un hombre le estuviera silbando.

انگار بیشتر از یک مرد به او هیس می‌کشیدند.

Sus demandas parecían tener una nueva urgencia detrás.

به نظر می‌رسید که خواسته‌های او فوریت جدیدی پیدا کرده است.

Realmente ya no había más tiempo para perder el tiempo.

واقعاً دیگر وقت برای غر زدن و غر زدن نبود.

Pasara lo que pasara, Gregor tenía que atravesar la puerta.

هر اتفاقی که می‌افتاد، گرگور باید از در رد می‌شد.

Se abrió paso sin ningún respeto por sí mismo.

او بدون هیچ گونه خودبزرگ بینی، خودش را به زحمت انداخت.

Un lado de su cuerpo fue empujado hacia arriba por el
movimiento.

یک طرف بدنش در اثر این حرکت به سمت بالا خم شد.

Y él yacía torpe y torcido en el umbral de la puerta.

و او با حالتی ناجور و خمیده بین درگاه دراز کشیده بود.

Uno de sus flancos quedó en carne viva rozando la madera.

یکی از پهلوهایش به شدت به چوب ساییده شده بود.

Y había dejado feas manchas en la puerta pintada de blanco.

و لکه‌های زشتی روی در سفید رنگ شده به جا گذاشته بود.

Las piernas de uno de sus costados colgaban temblando en
el aire.

پاهای یکی از پهلوهایش در هوا لرزان آویزان بودند.

Sus otras piernas estaban presionadas dolorosamente contra
el suelo.

پاهای دیگرش به طرز دردناکی به زمین فشرده شده بودند.

Pronto se quedaría atrapado completamente entre las
puertas.

خیلی زود او کاملاً بین در گیر می‌کرد.

Y entonces no habría podido moverse en absoluto.

و آنگاه او اصلاً نمی‌توانست تکان بخورد.

Pero el padre le dio un fuerte empujón realmente liberador.

اما پدر او را به طرز رهایی‌بخشی به جلو هل داد.

Y cayó, sangrando profusamente, hasta el fondo de su
habitación.

و او در حالی که به شدت خونریزی داشت، در اتاقش افتاد.

El padre cerró la puerta tras de sí con su bastón.

پدر با عصایش در را پشت سرش محکم بست.

Y finalmente hubo algo de paz y tranquilidad nuevamente.

و بعد بالاخره دوباره آرامش و سکوت برقرار شد.

Segunda parte

بخش دوم

Gregor no se despertó hasta mucho más tarde ese mismo día.

گرگور تا دیروقتِ همان روز از خواب بیدار نشد.

Había anochecido; había dormido profundamente e inconscientemente.

غروب شده بود؛ او سنگین و بی‌هوش خوابیده بود.

Se habría despertado incluso sin que nadie lo hubiera molestado.

او حتی بدون اینکه کسی مزاحمش شود، بیدار می‌شد.

Porque se sentía suficientemente descansado y bien dormido.

چون احساس می‌کرد به اندازه کافی استراحت کرده و خوب خوابیده است.

Pero le pareció oír unos pasos fugaces afuera.

اما فکر کرد صدای قدم‌های زودگذری را از بیرون شنیده است.

Y alguien podría haber cerrado cuidadosamente la puerta principal.

و ممکن است کسی با دقت درِ ورودی را بسته باشد.

La luz del tranvía eléctrico se reflejaba pálidamente en el techo.

نور کم‌رنگ تراموا برقی روی سقف افتاده بود.

La parte superior del mueble también recibió un poco de luz.

بالای مبلمان هم کمی نور دریافت کرد.

Pero allá abajo, a la altura de Gregor, estaba oscuro.

اما روی زمین، در ارتفاع گرگور، هوا تاریک بود.

Sus piernas lo empujaron lentamente hacia la puerta nuevamente.

پاهایش دوباره به آرامی او را به سمت در هل دادند.

Tenía mucha curiosidad por ver qué había sucedido allí.

او خیلی کنجکاو بود که ببیند آنجا چه اتفاقی افتاده است.

Pero su control de sus sensores aún no estaba desarrollado.

اما کنترل او بر شاخک‌هایش هنوز تکامل نیافته بود.

Aunque empezó a apreciar estos nuevos sensores.

اگرچه او شروع به قدردانی از این حسگرهای جدید کرد.

Una cicatriz larga y desagradable parecía recorrer su costado izquierdo.

به نظر می‌رسید که جای زخم ناخوشایند و درازی از سمت چپ

بدنش امتداد یافته است.

La cicatriz parecía como si apretara ese lado de su cuerpo.

انگار جای زخم، آن سمت بدنش را سفت کرده بود.

Y entonces tuvo que cojear literalmente sobre sus dos filas de piernas.

و بنابراین او مجبور بود به معنای واقعی کلمه روی دو ردیف

پاهایش لنگ بزند.

Esa mañana una de sus piernas resultó gravemente herida.

صبح همان روز یکی از پاهایش به شدت آسیب دیده بود.

Realmente fue un milagro que no se hubiera roto más piernas.

واقعاً معجزه بود که پاهای بیشتری نشکسته بود.

Y así arrastró sin vida su pierna herida.

و بنابراین پای زخمی‌اش را بی‌جان به دنبال خود می‌کشید.

Cuando llegó a la puerta se dio cuenta de algo profundo.

وقتی به در رسید، متوجه چیز عمیقی شد.

Fue el olor de algo lo que lo atrajo hasta allí.

بوی چیزی او را به آنجا کشانده بود.

A Gregor le habían dejado algo comestible en su habitación.

چیزی خوراکی برای گرگور در اتاقش گذاشته بودند.

Trozos de pan blanco flotando en un cuenco de leche dulce.

تکه‌های نان سفید شناور در کاسه‌ای از شیر شیرین.

Apenas podía contener la alegría que había dentro de él.

او به سختی می‌توانست شادی‌ای را که در درونش موج می‌زد،

پنهان کند.

Ahora tenía incluso más hambre que por la mañana.

حالا حتی از صبح هم گرسنه‌تر بود.

Inmediatamente sumergió su cabeza en el cuenco de leche.

او فوراً سرش را در کاسه شیر فرو برد.

La leche le salía casi por toda la cabeza, hasta los ojos.

شیر تقریباً تمام سرش را تا چشمانش فرا گرفت.

Pero pronto echó la cabeza hacia atrás, amargamente
decepcionado.

اما خیلی زود سرش را عقب کشید، به شدت ناامید شد.

Comer era difícil debido a su delicado lado izquierdo.

به دلیل ضعف سمت چپ بدنش، غذا خوردن برایش دشوار بود.

Y sólo podía comer jadeando con todo su cuerpo.

و او فقط می‌توانست با نفس نفس زدن با تمام بدنش غذا بخورد.

Pero esa no fue la verdadera razón de su decepción.

اما دلیل واقعی ناامیدی او این نبود.

La leche siempre había sido uno de sus platos favoritos.

شیر همیشه یکی از غذاهای مورد علاقه‌اش بود.

No tenía ninguna duda de que su hermana recordaba esto.

شک نداشت که خواهرش این را به خاطر سپرده است.

Y esa fue la razón por la que le había dado leche.

و به همین دلیل بود که به او شیر داده بود.

No podía explicar por qué ahora no le gustaba la leche.

او نمی‌توانست توضیح دهد که چرا حالا از شیر متنفر است.

Y se apartó del cuenco casi con reticencia.

و تقریباً با اکراه از کاسه روی برگرداند.

Decepcionado, se arrastró de nuevo hasta el centro de la habitación.

ناامید، به وسط اتاق برگشت و سینه خیز رفت.

Desde allí pudo ver a través de la rendija de la puerta.

در اینجا او توانست از شکاف در ببیند.

Pudo ver que el fuego en la sala de estar estaba encendido.

او می‌توانست ببیند که آتش در اتاق نشیمن روشن است.

Generalmente a esta hora el padre leía el periódico.

معمولاً در این زمان پدر روزنامه می خواند.

Él siempre solía leerle a la madre en voz alta.

او همیشه با صدای بلند برای مادر کتاب می‌خواند.

A veces la hermana también escuchaba al padre.

گاهی اوقات خواهر نیز به حرف‌های پدر گوش می‌داد.

Ella siempre le había contado a Gregor sobre esta lectura en voz alta.

او همیشه این داستان خواندن را با صدای بلند برای گرگور تعریف کرده بود.

Pero hoy no se oía ningún sonido en la habitación.

اما امروز هیچ صدایی از اتاق نمی آمد.

Quizás este hábito ya había caído en desuso.

شاید این عادت دیگر از بین رفته بود.

Un profundo silencio se había apoderado de todo el apartamento.

سکوت عمیقی بر کل آپارتمان حکمفرما شده بود.

Aunque sabía que el apartamento ciertamente no estaba vacío.

اگرچه می‌دانست آپارتمان مطمئناً خالی نیست.

«¡Qué vida tan tranquila lleva la familia!», pensó Gregor.

گرگور با خودش فکر کرد: «چه زندگی آرامی دارند این خانواده».

Y miró hacia la oscuridad con gran orgullo.

و با غروری عظیم به تاریکی خیره شد.

Estaba orgulloso de la vida que había podido darles.

او به زندگی‌ای که توانسته بود به آنها بدهد افتخار می‌کرد.

Estaba orgulloso del hermoso apartamento en el que vivían.

او به آپارتمان زیبایی که در آن زندگی می‌کردند افتخار می‌کرد.

¿Pero toda esta paz estaba a punto de tener un final terrible?

اما آیا قرار بود تمام این آرامش به پایانی وحشتناک ختم شود؟

¿Les iban a quitar su prosperidad?

آیا قرار بود رفاه و آسایش آنها از آنها گرفته شود؟

¿Su satisfacción ahora era incierta en el futuro?

آیا رضایت آنها در حال حاضر در آینده نامشخص بود؟

Pero él no quería perderse en tales pensamientos.

اما او نمی‌خواست خودش را در چنین افکاری گم کند.

Para mantenerse ocupado se arrastraba arriba y abajo por las paredes.

برای اینکه خودش را مشغول نگه دارد، از دیوارها بالا و پایین می‌رفت.

Durante la larga velada una puerta estaba entreabierta.

در طول آن شب طولانی، یکی از درها کمی باز شد.

Y en otro momento la otra puerta se abrió un poquito.

و در زمانی دیگر، درِ دیگر کمی باز شد.

Pero en ambas ocasiones las puertas se cerraron rápidamente de nuevo.

اما هر دو بار درها دوباره به سرعت بسته شدند.

Estaba claro que alguien de fuera tenía el deseo de entrar.

مشخصاً کسی از بیرون میل داشت وارد شود.

Pero también tenían demasiadas preocupaciones acerca de venir.

اما آنها همچنین نگرانی‌های زیادی در مورد ورود به کشور داشتند.

Gregor ahora se detuvo directamente en la puerta de la sala de estar.

گرگور حالا درست جلوی در اتاق نشیمن ایستاد.

Estaba decidido a tentar de algún modo al indeciso visitante.

او مصمم بود به نحوی بازدیدکننده مردد را وسوسه کند.

Y también quería saber quién había sido el visitante.

و همچنین می‌خواست بداند که مهمان چه کسی بوده است.

Pero aquella noche la puerta no se abrió una tercera vez.

اما آن شب، در برای بار سوم باز نشد.

Y Gregorio esperaba en vano junto a la puerta.

و گرگور بیهوده وقتش را کنار در منتظر می‌گذراند.

Más temprano ese día todos querían entrar a la habitación.

اوایل آن روز همه آنها می‌خواستند به اتاق بیایند.

Ahora que las puertas estaban desbloqueadas sería más fácil para ellos.

حالا که درها قفل نبودند، برایشان راحت‌تر بود.

Pero ellos prefirieron quedarse al otro lado de la habitación.

اما آنها ترجیح دادند در آن سوی اتاق بمانند.

Gregor se dio cuenta de que las llaves ya no estaban en sus cerraduras.

گرگور متوجه شد که کلیدها دیگر در قفل‌هایشان نیستند.

Alguien debe haber movido las llaves a la cerradura exterior.

حتماً کسی کلیدها را به قفل بیرونی منتقل کرده است.

Sólo tarde por la noche se apagó la luz de la sala de estar.

فقط آخر شب چراغ اتاق نشیمن خاموش می‌شد.

La familia debe haber permanecido despierta todo el tiempo.

خانواده حتماً تمام مدت بیدار مانده بودند.

Y Gregor podía oírlos claramente alejándose de puntillas.

و گرگور به وضوح صدای دور شدن آنها را با نوک پا شنیدند.

Ahora nadie vendría a ver a Gregor hasta la mañana.

حالا قرار نبود تا صبح کسی پیش گرگور بیاید.

Así que tuvo mucho tiempo para sí mismo, para pensar sin interrupciones.

بنابراین او زمان زیادی برای خودش داشت تا بدون مزاحمت فکر کند.

¿Cuál sería la mejor manera de reorganizar su vida ahora?

الان بهترین راه برای سازماندهی مجدد زندگی او چیست؟

Pero las altas paredes de la habitación vacía lo asustaban.

اما دیوارهای بلند اتاق خالی او را ترساند.

No le quedó más remedio que tumbarse en el suelo.

چاره‌ای نداشت جز اینکه خودش را روی زمین پهن کند.

Y nunca encontró la causa de su miedo en ese espacio.

و او هرگز علت ترس خود را در آن فضا نیافت.

Era la misma habitación en la que había vivido durante cinco años.

همان اتاقی بود که پنج سال تمام در آن زندگی کرده بود.

Medio inconscientemente hizo un movimiento hacia el sofá.

نیمه هوشیار، به سمت مبل حرکت کرد.

Y sin ninguna vergüenza se escondió debajo del sofá.

و بدون هیچ شرمی خودش را زیر مبل پنهان کرد.

Allí abajo se sintió inmediatamente de nuevo muy a gusto.

در آنجا، او بلافاصله دوباره احساس راحتی زیادی کرد.

A pesar de que tenía la espalda un poco presionada.

با وجود اینکه کمرش کمی فشار می‌آمد.

Ya no podía levantar la cabeza debajo del sofá.

او دیگر نمی‌توانست سرش را زیر مبل هم بلند کند.

Pero incluso esto lo prefería a estar en cualquier espacio abierto.

اما حتی در این حالت هم او بودن در هر منطقه‌ی بازی را ترجیح می‌داد.

Sin embargo, lamentó que su cuerpo fuera tan ancho.

با این حال، او از اینکه بدنش خیلی پهن بود پشیمان بود.

El sofá no podía cubrir completamente todo su cuerpo.

مبل نمی‌توانست تمام بدنش را کاملاً بپوشاند.

Se quedó debajo del sofá toda la noche.

او تمام شب را زیر مبل ماند.

La noche la pasó medio dormido, perturbado por el hambre.

شبی که گرسنگی آشفته‌اش کرده بود و نیمه‌خواب به سر می‌برد.

Y el tiempo que estaba despierto lo pasaba preocupado o esperanzado.

و زمانی را که بیدار بود یا با نگرانی گذراند یا با امیدواری.

Pero todas sus vagas esperanzas llevaron a la misma conclusión.

اما تمام امیدهای مبهم او به همان نتیجه منجر شد.

No tuvo más remedio que permanecer en silencio por el momento.

چاره‌ای جز سکوت در آن لحظه نداشت.

Tuvo que mostrar paciencia y consideración hacia la familia.

او باید صبر و حوصله و توجه به خانواده را نشان می‌داد.

Era la única manera de hacer soportable el inconveniente.

این تنها راهی بود که می‌توانست آن ناراحتی را قابل تحمل کند.

Los inconvenientes que ahora estaba causando a la familia.

ناراحتی که حالا به خانواده تحمیل می‌کرد.

No tuvo que esperar mucho para demostrar su compasión.

او مجبور نبود برای اثبات دلسوزی‌اش زیاد صبر کند.

Temprano por la mañana la hermana miró dentro de su habitación.

صبح زود خواهر به اتاق او نگاه کرد.

Aunque en realidad era tan de noche como de mañana.

اگرچه واقعاً همانقدر شب بود که صبح بود.

Ella estaba completamente vestida y parecía mostrar entusiasmo.

او کاملاً لباس پوشیده بود و به نظر می‌رسید که هیجان‌زده است.

La fuerza de su nueva decisión podría ser puesta a prueba.

قدرت تصمیم تازه گرفته شده او می‌توانست مورد آزمایش قرار گیرد.

Ella no lo encontró inmediatamente con su primera mirada.

او بلافاصله با نگاه اول او را پیدا نکرد.

Tenía que estar en algún lugar, no podía haber volado.

او حتماً جایی بود؛ نمی‌توانست پرواز کند و برود.

Pero entonces sus ojos hicieron un segundo recorrido por la habitación.

اما ناگهان چشمانش برای بار دوم اتاق را گشت.

Y esta vez vio su torso debajo del sofá.

و این بار بالاتنه‌اش را زیر مبل دید.

Estaba tan asustada que perdió todo el control de sí misma.

آنقدر ترسیده بود که تمام کنترل خودش را از دست داده بود.

Y su primera reacción fue cerrar la puerta de golpe.

و اولین واکنشش این بود که دوباره در را محکم ببندد.

Pero también pareció arrepentirse inmediatamente de su comportamiento.

اما به نظر می‌رسید که او بلافاصله از رفتارش پشیمان شد.

Tan pronto como cerró la puerta de golpe, la abrió de nuevo.

به محض اینکه در را محکم بست، دوباره آن را باز کرد.

Y esta vez entró de puntillas en la habitación con cuidado.

و این بار آرام و با نوک پا وارد اتاق شد.

Se movía como si estuviera visitando a una persona gravemente enferma.

طوری راه می‌رفت که انگار به عیادت یک بیمارِ به شدت بیمار رفته است.

O tal vez estaba visitando a un completo desconocido.

یا شاید او به ملاقات یک غریبه‌ی کامل رفته بود.

Gregor empujó su cabeza casi hasta el borde del sofá.

گرگور سرش را تقریباً به لبه مبل رساند.

Y desde debajo de la caja fuerte la observaba en la habitación.

و از زیر گاوصندوق، او را در اتاق تماشا کرد.

¿Se daría cuenta de que había dejado la leche?

آیا قرار بود متوجه شود که او شیر را جا گذاشته است؟

No había dejado la leche por falta de hambre.

او به دلیل گرسنگی شیر را ترک نکرده بود.

¿En lugar de eso le traería comida diferente?

آیا قرار بود به جای آن، برایش غذای متفاوتی بیاورد؟

Quizás un plato que se ajustara mejor a sus preferencias.

شاید غذایی که بیشتر با ترجیحات او مطابقت داشته باشد.

Pero ella misma habría tenido que notar su apetito.

اما او باید خودش متوجه اشتهای او می‌شد.

Preferiría morir de hambre antes que hacerle saber eso.

او ترجیح می‌داد از گرسنگی بمیرد تا اینکه او را از این موضوع آگاه کند.

En realidad le habría gustado mucho decírselo.

راستش را بخواهید، خیلی دوست داشت به او بگوید.

Estuvo realmente tentado de disparar desde debajo del sofá.

او واقعاً وسوسه شده بود که از زیر مبل به بیرون شلیک کند.

Quería arrojarse a los pies de su hermana.

دلش می‌خواست خودش را روی پای خواهرش بیندازد.

Y quiso pedirle algo bueno para comer.

و او می‌خواست از او چیزی خوشمزه برای خوردن بخواهد.

Pero entonces la hermana miró hacia el cuenco de leche.

اما ناگهان خواهر به کاسه شیر نگاه کرد.

Inmediatamente se dio cuenta de que el cuenco todavía
estaba lleno.

او فوراً متوجه شد که کاسه هنوز پر است.

Le sorprendió bastante que Gregor no hubiera comido nada.

او از اینکه گرگور چیزی نخورده بود، کمی تعجب کرد.

Sólo se había derramado un poco de leche en el suelo.

فقط کمی شیر روی زمین ریخته بود.

Inmediatamente cogió el cuenco y lo sacó.

او فوراً کاسه را برداشت و بیرون برد.

Él vio que ella no recogió el cuenco con sus propias manos.

دید که او کاسه را با دست خالی برنمی‌دارد.

En lugar de eso, recogió el cuenco con uno de los trapos.

در عوض، او کاسه را با یکی از آن پارچه‌ها برداشت.

Pero Gregor se olvidó muy rápidamente de este pequeño detalle.

اما گرگور خیلی سریع این نکته‌ی جزئی را فراموش کرد.

Ahora estaba mucho más entusiasmado por otra cosa.

حالا او از چیز دیگری خیلی بیشتر هیجان‌زده بود.

¿Qué podría traer como reemplazo de la leche?

او چه چیزی می‌تواند به عنوان جایگزین شیر بیاورد؟

Tenía varios pensamientos sobre lo que ella podría traer.

او در مورد آنچه که او می‌توانست بیاورد، افکار مختلفی داشت.

Pero la bondad de su hermana superó sus expectativas.

اما مهربانی خواهرش فراتر از انتظارش بود.

Se dio cuenta de que tenía que probar cuáles eran sus nuevos gustos.

او متوجه شد که باید سلیقه‌های جدید او را امتحان کند.

Así que trajo toda una selección de alimentos diferentes.

بنابراین او مجموعه‌ای کامل از غذاهای مختلف را آورد.

Verduras medio podridas, huesos de la cena.

سبزیجات نیمه گندیده، استخوان‌های غذای شب.

Salsa solidificada de la otra comida que habían comido.

سس سفت شده از غذای دیگری که خورده بودند.

Unas pasas, unas almendras, pan seco, pan con mantequilla.

چند تا کشمش، کمی بادام، نون خشک، نون روغنی.

Un poco de pan untado con mantequilla y también con sal.

مقداری نان که کره مالیده و نمک زده شده بود.

Queso que Gregor había declarado incomestible hacía dos días.

پنیری که گرگور دو روز پیش آن را غیرقابل خوردن اعلام کرده بود.

Toda esta selección de comida fue colocada en un periódico.

تمام این انتخاب غذا روی یک روزنامه قرار داده شده بود.

Y también colocó un recipiente con agua al lado de sus comidas.

و همچنین یک کاسه آب کنار غذای او گذاشت.

Ella sabía que Gregor no habría comido delante de ella.

می‌دانست که گرگور جلوی او چیزی نمی‌خورد.

Entonces, por respeto hacia él, salió nuevamente de la habitación.

بنابراین به احترام او دوباره اتاق را ترک کرد.

Y hasta giró la llave en la cerradura al salir.

و حتی موقع رفتن کلید را در قفل چرخاند.

Pero ella giró la llave muy silenciosamente y con mucho cuidado.

اما او خیلی آرام و با دقت کلید را چرخاند.

De esta manera sólo Gregor sabría que la puerta estaba cerrada.

به این ترتیب فقط گرگور می‌دانست که در قفل است.

Ahora podía ponerse tan cómodo como quisiera.

حالا می‌توانست هر طور که دلش می‌خواست خودش را راحت کند.

Las piernas de Gregor zumbaban cuando llegó la hora de comer.

وقت غذا خوردن که رسید، پاهای گرگور به وزوز افتادند.

Lo que vale la pena destacar es que ya no sentía ninguna molestia.

شایان ذکر است که او دیگر هیچ ناراحتی احساس نمی‌کرد.

Sus heridas deben haber sanado ya por completo.

زخم‌هایش حتماً تا الان کاملاً خوب شده‌اند.

Porque ya no sentía sus discapacidades anteriores.

زیرا دیگر ناتوانی های قبلی خود را احساس نمی کرد.

Su nueva capacidad de curar lo sorprendió y lo asombró.

توانایی جدید او در شفابخشی، او را شگفت‌زده و مبهوت کرد.

Hace más de un mes se cortó el dedo con un cuchillo.

بیش از یک ماه پیش او انگشتش را با چاقو برید.

Hasta hace dos días esa herida todavía le dolía.

تا دو روز پیش، آن زخم هنوز او را آزار می‌داد.

"¿Soy mucho menos sensible ahora?" pensó para sí mismo.

با خودش فکر کرد: «آیا الان خیلی کمتر حساس هستم؟»

Para entonces ya estaba chupando con avidez el queso.

حالا دیگر داشت با ولع پنیر را می‌مکید.

Se sintió atraído por el queso más que por el resto de la comida.

او بیشتر از بقیه غذاها به پنیر علاقه داشت.

Comió rápidamente un trozo de queso tras otro.

او به سرعت تکه‌های پنیر را یکی پس از دیگری خورد.

Sus ojos se llenaron de lágrimas de satisfacción al probarlo.

از طعم آن، چشمانش از رضایت اشک آلود شد.

Después del queso comió las verduras y la salsa.

بعد از پنیر، سبزیجات و سس را خورد.

Sin embargo, la comida fresca no le sabía bien.

با این حال، غذای تازه برایش طعم خوبی نداشت.

De hecho, ni siquiera podía soportar el olor de la comida fresca.

در واقع او حتی نمی‌توانست بوی غذای تازه را تحمل کند.

Incluso arrastró el resto de la comida lejos de la comida fresca.

او حتی غذای دیگر را از کنار غذای تازه کشید و دور کرد.

Y muy rápidamente terminó la comida más comestible.

و خیلی سریع خوردنی‌ترین غذا را تمام کرد.

Toda aquella deliciosa comida tuvo sobre él un efecto soporífero.

تمام غذاهای خوشمزه تأثیر خواب‌آوری بر او داشتند.

Y él permaneció acostado perezosamente en el lugar donde había comido.

و او با تنبلی در جایی که غذا خورده بود، دراز کشید.

Finalmente su hermana regresó para ver cómo estaba nuevamente.

بالاخره خواهرش برگشت تا دوباره حالش را بپرسد.

Tuvo la previsión de girar la llave muy lentamente.

او این دوراندیشی را داشت که خیلی آهسته کلید را بچرخاند.

Esto le dio a Gregor una advertencia de que debía retirarse.

این به گرگور هشدار داد که باید عقب‌نشینی کند.

Aturdido y sobresaltado, se apresuró a volver debajo del sofá.

گیج و مبهوت، با عجله به زیر مبل برگشت.

Pero quedarse debajo del sofá no fue tan fácil esta vez.

اما این بار ماندن زیر مبل چندان آسان نبود.

Su cuerpo se había vuelto un poco redondeado por tanta comida.

بدنش از شدت خوردن آن همه غذا کمی گرد شده بود.

Y tuvo que controlarse para no quedarse sin nada otra vez.

و او مجبور بود خودش را کنترل کند که دوباره تمام نشود.

Aunque la hermana no permaneció mucho tiempo en la habitación.

با اینکه خواهر زیاد در اتاق نماند.

Le costaba respirar en ese estrecho espacio.

زیر آن فضای تنگ به سختی نفس می‌کشید.

Pero él siguió adelante a pesar de los pequeños ataques de asfixia.

اما او از میان حملات کوتاه خفگی جان سالم به در برد.

Con ojos desorbitados observaba las actividades de la hermana.

با چشمانی از حدقه بیرون زده، فعالیت‌های خواهر را زیر نظر داشت.

La hermana desprevenida vertió todo en un balde.

خواهر بی‌خبر همه چیز را داخل سطل ریخت.

Ella no sólo se deshizo de la comida que Gregor no había comido.

او نه تنها غذاهایی را که گرگور نخورده بود دور ریخت.

Pero también se deshizo de la comida que él no había tocado.

اما او همچنین غذایی را که او به آن دست نزده بود، دور ریخت.

Al parecer esa comida ya no era comestible para nadie.

ظاهراً آن غذا دیگر برای هیچ‌کس قابل خوردن نبود.

Luego cerró el cubo de comida con una tapa de madera.

سپس سطل غذا را با یک درب چوبی بست.

Y con la comida, el balde y el trapeador, se fue.

و با غذا، سطل و تی، آنجا را ترک کرد.

Gregor no habría podido esperar mucho más tiempo.

گرگور نمی‌توانست بیشتر از این منتظر بماند.

Tan pronto como ella se fue, él se escapó de debajo del sofá.

به محض اینکه او رفت، او از زیر مبل فرار کرد.

Y se estiró y resopló aliviado.

و او کش و قوسی به بدنش داد و با آسودگی نفس راحتی کشید.

Así recibía Gregorio comida de vez en cuando.

از این به بعد گرگور هر از گاهی به این شکل غذا دریافت می‌کرد.

Su hermana le dio de comer una vez temprano en la mañana.

خواهرش یک بار صبح زود به او غذا داد.

A esta hora los padres y la criada todavía dormían.

در این ساعت والدین و خدمتکار هنوز خواب بودند.

Y recibió una segunda comida después de que todos almorzaron.

و بعد از اینکه همه ناهار خوردند، او غذای دوم را دریافت کرد.

Porque en ese momento los padres también durmieron un rato.

زیرا در آن زمان والدین نیز مدتی می‌خوابیدند.

Y la doncella fue enviada por su hermana a hacer algún recado.

و کنیز را خواهر برای انجام کاری فرستاد.

Ciertamente no tenían intención de dejar morir de hambre a Gregor.

آنها مطمئناً قصد نداشتند گرگور را از گرسنگی بکشند.

Pero tampoco hubieran querido verlo comer.

اما آنها هم نمی‌خواستند غذا خوردن او را تماشا کنند.

Lo que mencionó la hermana fue suficiente información.

آنچه خواهر اشاره کرد، اطلاعات کافی بود.

Quizás era su manera de ahorrarles dolor a los padres.

شاید این روش او برای رهایی والدین از غم و اندوه بود.

Ya habían sufrido bastante por sus acciones.

آنها به اندازه کافی از اعمال او رنج کشیده بودند.

El primer día se iba convirtiendo poco a poco en un recuerdo lejano.

روز اول کم کم داشت به خاطره ای دور تبدیل می شد.

Gregor no tenía forma de saber lo que pasó ese día.

گرگور هیچ راهی برای دانستن اینکه آن روز چه اتفاقی افتاده بود، نداشت.

¿Cómo fue guiado el cerrajero fuera del apartamento?

کلیدساز چگونه از آپارتمان بیرون هدایت شد؟

¿Con qué excusas quedó finalmente satisfecho el médico?

با چه بهانه‌هایی بالاخره دکتر راضی شد؟

No había encontrado ningún modo de hacerse entender.

او هیچ راهی برای قابل فهم کردن منظورش پیدا نکرده بود.

Ni siquiera logró comunicarse con su hermana.

او حتی نتوانسته با خواهرش ارتباط برقرار کند.

Y entonces pensaron que no podía entenderlos.

و بنابراین آنها فکر کردند که او نمی‌تواند آنها را درک کند.

Y por eso no se hizo ningún esfuerzo para hablar con él.

و به همین دلیل هیچ تلاشی برای صحبت با او صورت نگرفت.

Su hermana entraba en su habitación todas las mañanas y a la hora del almuerzo.

خواهرش هر روز صبح و ناهار به اتاقش می‌آمد.

Pero él tuvo que contentarse con escuchar sus suspiros.

اما مجبور بود به شنیدن آه‌های او اکتفا کند.

Más tarde se acostumbró un poco más a la forma de Gregor.

بعداً او کمی بیشتر به هیکل گرگور عادت کرد.

Y se sintió un poco más libre para hacer más comentarios.

و او کمی آزادی بیشتر برای اظهار نظرهای بیشتر احساس کرد.

(Aunque nunca se acostumbraría del todo a él.)

(اگرچه او هرگز کاملاً به او عادت نکرد.)

Y entonces Gregor se sintió nuevamente hablado un poco más.

و بعد گرگور دوباره احساس کرد که بیشتر با او صحبت می‌شود.

Y captó lo que percibió como comentarios amistosos.

و او متوجه نظراتی شد که آنها را دوستانه می‌دانست.

"Disfrutó su comida hoy" o "comió todo".

«او امروز از غذایش لذت برد» یا «او همه چیز را خورد.»

Pero eso fue sólo cuando hubo comido toda su comida.

اما این فقط زمانی بود که او تمام غذایش را خورده بود.

Pero últimamente esto se está volviendo cada vez menos frecuente.

اما اخیراً این اتفاق کمتر و کمتر رخ می‌داد.

"Apenas tocaba la comida", decía ella con más frecuencia ahora.

حالا بیشتر می‌گفت: «به ندرت به غذایش دست می‌زد».

Y había un toque de tristeza en su voz cada vez.

و هر بار رگه‌هایی از غم در صدایش موج می‌زد.

Gregor no pudo escuchar ninguna otra noticia más directamente.

گرگور نمی‌توانست خبر دیگری را مستقیم‌تر از این بشنود.

Pero escuchó muchas noticias de las habitaciones contiguas.

اما او از اتاق‌های مجاور خبرهای زیادی شنید.

Al oír voces corrió hacia la puerta correspondiente.

وقتی صداهایی شنید، به سمت در مربوطه دوید.

Y apretó todo su cuerpo contra la puerta para escuchar.

و تمام بدنش را به در چسباند تا بشنود.

Todas las conversaciones le concernían de una manera u otra.

هر مکالمه‌ای به نحوی به او مربوط می‌شد.

Incluso cuando el tema parecía ser sobre otra cosa.

حتی وقتی به نظر می‌رسید موضوع درباره چیز دیگری است.

Esta observación fue especialmente cierta en los primeros tiempos.

این مشاهده به ویژه در روزهای اولیه صادق بود.

Durante cada comida repetían la misma discusión.

در هر وعده غذایی، آنها همان بحث را تکرار می‌کردند.

Todavía no estaban seguros de cómo comportarse a su alrededor.

آنها هنوز مطمئن نبودند که چگونه باید در کنار او رفتار کنند.

Pero el mismo tema también se discutió entre comidas.

اما همین موضوع بین وعده‌های غذایی نیز مورد بحث قرار گرفت.

Porque siempre había dos miembros de la familia en casa.

چون همیشه دو نفر از اعضای خانواده در خانه بودند.

Nadie quería quedarse solo en la casa.

هیچ‌کس نمی‌خواست تنها در خانه بماند.

Pero dejar el piso vacío tampoco era una opción.

اما خالی گذاشتن آپارتمان هم غیرممکن بود.

La criada era la única que no estaba atada al apartamento.

خدمتکار تنها کسی بود که به آپارتمان وابسته نبود.

Ella ya había pedido irse el primer día.

او از همان روز اول درخواست رفتن کرده بود.

Ella se puso de rodillas y pidió que la despidieran.

او زانو زد و التماس کرد که او را مرخص کنند.

La familia no sabía cuánto sabía realmente la criada.

خانواده نمی‌دانستند که خدمتکار واقعاً چقدر می‌داند.

En ese momento ella no había visto más que nadie.

در آن مرحله، او چیزی بیشتر از هر کس دیگری ندیده بود.

Lo sucedido todavía era un misterio para la familia.

آنچه اتفاق افتاده بود هنوز برای خانواده یک راز بود.

Pero un cuarto de hora después se despidió.

اما یک ربع بعد، او خداحافظی کرد.

Y agradeció a la familia con lágrimas en los ojos.

و با چشمانی اشکبار از خانواده تشکر کرد.

Pero en realidad les agradeció por haberla liberado.

اما واقعاً از آنها به خاطر آزاد کردنش تشکر کرد.

Parecían haberle mostrado la mayor bondad.

به نظر می‌رسید که آنها بیشترین لطف را به او نشان داده‌اند.

Incluso hizo un juramento sin que se lo pidieran.

او حتی بدون اینکه از او خواسته شود، سوگند یاد کرد.

Dijo que no le contaría a nadie lo que había sucedido.

او گفت که به کسی نخواهد گفت چه اتفاقی افتاده است.

Ahora la hermana tenía que cocinar junto con su madre.

حالا خواهر مجبور بود به همراه مادرش آشپزی کند.

Pero esto realmente no era un gran inconveniente.

اما این واقعاً خیلی هم دردسرساز نبود.

Porque de todas formas los dos no comían casi nada.

چون آن دو تقریباً هیچ چیزی نخوردند.

Gregor escuchó una y otra vez la misma conversación.

گرگور بارها و بارها همان مکالمه را شنید.

Una persona le decía a otra que tenía que comer más.

یکی به دیگری می‌گفت که باید بیشتر غذا بخورد.

Pero esa persona no recibió ninguna respuesta de la persona.

اما آن شخص هیچ پاسخی از آن شخص دریافت نکرد.

"Gracias, tengo suficiente", o algo similar.

»ممنون، به اندازه کافی دارم« یا چیزی شبیه به این.

Quizás ya no bebían nada tampoco.

شاید آنها هم دیگر چیزی ننوشیدند.

La hermana a menudo le preguntaba a su padre si quería cerveza.

خواهر اغلب از پدرش می‌پرسید که آیا آبجو می‌خواهد یا نه.

Y ella misma se ofreció calurosamente a ir a buscar la cerveza.

و او با گرمی پیشنهاد داد که خودش آبجو را بیاورد.

El padre siempre permanecía en silencio ante su petición.

پدر همیشه در برابر درخواست او سکوت می‌کرد.

Así que la hermana tuvo que encontrar una manera de eliminar cualquier duda.

بنابراین خواهر مجبور بود راهی پیدا کند تا هرگونه شک و تردیدی را از بین ببرد.

Y ella dijo que enviaría a la criada a buscar algo de cerveza.

و گفت که خدمتکار را می‌فرستد تا برایش آبجو بیاورد.

Pero entonces el padre finalmente dijo un gran y rotundo "no".

اما بالاخره پدر با صدای بلند و قاطعی گفت: «نه.»

Luego ya no se volvió a mencionar el tema de tomar una cerveza.

سپس دیگر از موضوع آبجو خوردن او صحبتی نشد.

Ya había explicado anteriormente la situación financiera.

او پیش از این، وضعیت مالی را توضیح داده بود.

De hecho, mencionó las finanzas el primer día.

در واقع، او همان روز اول به مسائل مالی اشاره کرد.

Les hizo saber perfectamente cuáles eran las perspectivas.

او آنها را به خوبی از چشم‌اندازها آگاه کرد.

Su propio negocio se había derrumbado hacía unos cinco años.

کسب و کار خودش حدود پنج سال پیش ورشکست شده بود.

De vez en cuando se levantaba para abandonar la mesa.

هر از گاهی بلند می‌شد تا میز را ترک کند.

Y se dirigió a la caja registradora de su antiguo negocio.

و به سمت صندوق مغازه قدیمی‌اش رفت.

Había salvado la caja registradora por sentimentalismo.

او از روی احساسات، صندوق فروشگاه را نجات داده بود.

Gregor lo oyó abrir una cerradura pesada y complicada.

گرگور صدای او را شنید که قفل سنگین و پیچیده‌ای را باز می‌کرد.

Y sacó recibos y libros de la caja.

و رسیدها و کتاب‌ها را از صندوق بیرون آورد.

Después de tomar los objetos volvió a cerrar la caja fuerte.

بعد از برداشتن اشیا، دوباره صندوق پول را قفل کرد.

Gregor no había tenido buenas noticias desde su encarcelamiento.

گرگور از زمان زندانی شدنش هیچ خبر خوبی نشنیده بود.

Pensó que el negocio había llevado a la quiebra a su padre.

او فکر می‌کرد که این تجارت، پدرش را ورشکست کرده است.

El padre seguramente le había dado esa impresión a Gregor.

پدر مطمئناً این تصور را در گرگور ایجاد کرده بود.

Y Gregor nunca le preguntó más sobre las finanzas.

و گرگور دیگر هیچ‌وقت از او دربارهٔ امور مالی نپرسید.

Gregor quería hacer todo lo posible para ayudar a la familia.

گرگور می‌خواست تمام تلاشش را برای کمک به خانواده انجام دهد.

Quería ayudarlos a olvidar la desgracia empresarial.

او می‌خواست به آنها کمک کند تا بدشانسیِ کاری‌شان را فراموش کنند.

La quiebra que provocó la desesperanza más completa.

ورشکستگی که ناامیدی کامل را به همراه داشت.

Así que empezó a trabajar con una pasión muy especial.

بنابراین او با شور و اشتیاق بسیار خاصی شروع به کار کرد.

Se había convertido en un vendedor ambulante casi de la noche a la mañana.

او تقریباً یک شبه به یک فروشنده سیار تبدیل شده بود.

Antes de eso, sólo había trabajado como empleado con un salario bajo.

پیش از آن، او فقط به عنوان یک کارمند با حقوق کم کار می‌کرد.

Ahora tenía oportunidades de ingresos completamente diferentes.

حالا او فرصت‌های درآمدزایی کاملاً متفاوتی داشت.

Las ventas exitosas podrían convertirse inmediatamente en efectivo.

فروش‌های موفق می‌توانستند بلافاصله به پول نقد تبدیل شوند.

El dinero en efectivo, por supuesto, se paga con sus
comisiones.

البته این پول از محل پورسانت‌های او پرداخت می‌شود.

Ahora Gregor podía poner dinero en la mesa familiar.

حالا گرگور می‌توانست پولی سر سفره خانواده بگذارد.

Y estaban asombrados y contentos con sus ganancias.

و آنها از درآمد او شگفت‌زده و خوشحال شدند.

Pero esos tiempos hermosos no se repetirán nuevamente.

اما آن روزهای زیبا دیگر تکرار نخواهند شد.

Apenas se habían acostumbrado a esos buenos tiempos.

آنها تازه به این روزهای خوب عادت کرده بودند.

Cada día de pago la familia aceptaba el dinero con gratitud.

هر روز حقوق، خانواده با سپاسگزاری پول را می‌پذیرفتند.

Y Gregor estaba igualmente feliz de entregar el dinero.

و گرگور به همان اندازه از دادن پول خوشحال بود.

Pero el cálido afecto que recibía a cambio fue muriendo
lentamente.

اما محبت گرمی که در عوض به او داده می‌شد، کم‌کم از بین رفت.

Sólo su hermana permaneció tan cerca de Gregor como
antes.

فقط خواهرش مثل قبل به گرگور نزدیک ماند.

Ella, a diferencia de Gregor, tenía un profundo aprecio por la
música.

او، برخلاف گرگور، علاقه‌ی عمیقی به موسیقی داشت.

Y ella sabía tocar el violín de una manera muy conmovedora.

و او می‌دانست که چگونه ویولن را بسیار تأثیرگذار بنوازد.

Gregor planeó en secreto enviarla a la escuela de música.

گرگور مخفیانه قصد داشت او را به مدرسه موسیقی بفرستد.

Aún no había decidido cómo pagaría los gastos.

او هنوز تصمیم نگرفته بود که چگونه هزینه‌ها را پرداخت کند.

Pero de una forma u otra cubriría los costos.

اما به هر طریقی که بود، هزینه‌ها را پوشش می‌داد.

De vez en cuando Gregor y su familia hacían pequeños viajes.

گرگور و خانواده‌اش گاهی اوقات با شلوارک به سفرهای تفریحی می‌رفتند.

Gregor y su hermana abordaron este tema con frecuencia.

گرگور و خواهر اغلب این موضوع را مطرح می‌کردند.

Pero sólo se mencionó como una idea maravillosa.

اما فقط به عنوان یک ایده فوق‌العاده از آن یاد می‌شد.

Realmente no creían que el sueño pudiera realizarse.

آنها واقعاً باور نداشتند که این رویا می‌تواند محقق شود.

Y a los padres no les gustaban esas ambiciones fantasiosas.

و والدین چنین جاه‌طلبی‌های خیال‌پردازانه‌ای را دوست نداشتند.

Incluso cuando el tema se planteó de manera muy inocente.

حتی وقتی که موضوع خیلی معصومانه مطرح شد.

Pero Gregor seguía pensando en la escuela de música.

اما گرگور همچنان به مدرسه موسیقی فکر می‌کرد.

Y tenía pensado anunciar el regalo en Nochebuena.

و او قصد داشت هدیه را در شب کریسمس اعلام کند.

Por supuesto, en su estado actual sería imposible.

البته در شرایط فعلی او این غیرممکن خواهد بود.

Pero ese tipo de pensamientos pasaban por su cabeza.

اما چنین افکاری از سرش می‌گذشت.

Y tenía estos pensamientos mientras escuchaba a la familia.

و او هنگام گوش دادن به صحبت‌های خانواده، چنین افکاری در سر داشت.

A veces se cansaba demasiado para seguir escuchándolos.
بعضی وقت‌ها آنقدر خسته می‌شد که دیگر نمی‌توانست به حرف‌هایشان گوش دهد.

Su cabeza cayó contra la puerta por el cansancio.
از خستگی سرش به در تکیه داده بود.

Pero inmediatamente volvió a apoyar la cabeza contra la puerta.
اما بلافاصله دوباره سرش را به در تکیه داد.

Porque incluso el ruido más leve se podía oír afuera.
چون حتی کوچکترین صدایی هم از بیرون شنیده می‌شد.

Y cualquier ruido que hacía hacía que la familia se quedara en silencio.
و هر صدایی که او ایجاد می‌کرد، خانواده را ساکت می‌کرد.

"¿Qué está haciendo ahora?" preguntó el padre a la familia.
پدر از خانواده پرسید: «الان دارد چه کار می‌کند؟»

Y fue a la puerta para comprobar qué era aquel ruido.
و به سمت در رفت تا ببیند صدا از چیست.

Y luego la conversación interrumpida se reanudó gradualmente.
و سپس مکالمه قطع شده به تدریج از سر گرفته شد.

Pero lo que dijo el padre sorprendió positivamente a todos.
اما آنچه پدر با اطمینان گفت همه را شگفت زده کرد.

Gregor ahora conoció la verdadera situación de las finanzas.
گرگور حالا از وضعیت واقعی امور مالی باخبر شده بود.

A pesar de todas las desgracias, hubo algo de buena suerte.

با وجود همه بدشانسی‌ها، کمی هم خوش‌شانسی وجود داشت.

Aún quedaba allí una muy pequeña fortuna de los viejos tiempos.

هنوز ثروت بسیار کمی از روزگار قدیم آنجا بود.

El padre explicó las cosas, pero tuvo que repetirlas.

پدر چیزهایی را توضیح داد، اما مجبور شد حرف‌هایش را تکرار کند.

Porque hacía tiempo que no se ocupaba de estas cosas.

چون مدتی بود که به این چیزها نپرداخته بود.

Y porque la madre no entendía tales cosas.

و چون مادر چنین چیزهایی را نمی‌فهمید.

Los tipos de interés del banco habían subido un poco.

نرخ بهره بانکی کمی افزایش یافته بود.

El dinero intacto había aumentado más de lo esperado.

پول دست نخورده بیش از حد انتظار افزایش یافته بود.

Además Gregor siempre les había dado sus ahorros.

علاوه بر این، گرگور همیشه پس‌اندازش را به آنها داده بود.

Sólo había conservado unos pocos florines para sí.

او تا به حال فقط چند گیلدر برای خودش نگه داشته بود.

Y su dinero aún no se había agotado por completo.

و پولش هم کاملاً تمام نشده بود.

En conjunto, este dinero se había acumulado hasta formar un pequeño capital.

این پول روی هم رفته سرمایه کوچکی را تشکیل داده بود.

Gregor, detrás de su puerta, asintió con entusiasmo ante la noticia.

گرگور، پشت در اتاقش، با اشتیاق به خبرها سر تکان داد.

Le agradó esta inesperada cautela y frugalidad.

او از این احتیاط و صرفه جویی غیرمنتظره خوشحال شد.

Los fondos sobrantes podrían haberse utilizado para pagar la deuda.

می‌توانستند از وجوه مازاد برای پرداخت بدهی استفاده کنند.

Entonces ya no le deberían nada al patrón.

آنوقت دیگر هیچ بدهی به رئیس نداشتند.

Y Gregor podría haber cambiado de trabajo mucho antes.

و گرگور می‌توانست خیلی زودتر به شغل جدیدی نقل مکان کند.

Pero ahora la manera como el padre lo dispuso estaba mucho mejor.

اما روشی که پدر ترتیب داده بود، حالا خیلی بهتر شده بود.

El dinero no era suficiente para vivir de los intereses.

پول آنقدر نبود که بشود با بهره‌اش زندگی کرد.

Y había que reservar algo de dinero para emergencias.

و مقداری پول باید برای مواقع اضطراری کنار گذاشته می‌شد.

Sólo habría sido suficiente dinero para uno o dos años.

این پول فقط برای یک یا دو سال کافی بود.

Esto significaba que alguien tenía que ganar dinero para que pudieran vivir.

این به این معنی بود که کسی باید برای گذران زندگی پول درمی‌آورد.

El padre no estaba enfermo y era bastante fuerte.

پدر بیمار نبود و به اندازه کافی قوی بود.

Pero llevaba más de cinco años sin trabajo.

اما او بیش از پنج سال بیکار بود.

Y, debido a su edad, le quedaba poca confianza en sí mismo.

و به دلیل سنش، اعتماد به نفس کمی برایش باقی مانده بود.

También había engordado mucho en los últimos tiempos.

او همچنین در این اواخر وزن زیادی اضافه کرده بود.

Su vida siempre había sido ardua y sin éxito.

زندگی او همیشه پر از سختی و شکست بود.

Y éstas habían sido las primeras vacaciones que había tenido.

و این اولین تعطیلاتی بود که او تا به حال داشته است.

Y sin estar ocupado se había vuelto bastante torpe.

و بدون اینکه کسی او را مشغول نگه دارد، کاملاً دست و پا چلفتی شده بود.

¿Sería mejor si la anciana madre ganara el dinero?

آیا بهتر است که مادر پیر پول را به دست آورد؟

La anciana madre que sufría de asma.

مادر پیری که از آسم رنج می‌برد.

La anciana madre que luchaba por subir las escaleras.

مادر پیری که به سختی از پله‌ها بالا می‌رفت.

La anciana madre que pasaba el tiempo tumbada en el sofá.

مادر پیری که وقتش را روی مبل دراز می‌کشید.

La anciana madre que prefería quedarse junto a la ventana.

مادر پیری که ترجیح می‌داد کنار پنجره بماند.

Para poder recuperar el aliento cuando lo necesitara.

تا بتواند در مواقع لزوم نفس تازه کند.

¿Sería mejor si la hermana joven ganara el dinero?

آیا بهتر است که خواهر جوان پول را به دست آورد؟

La hermana, que a sus diecisiete años era todavía apenas una niña.

خواهری که در هفده سالگی، هنوز کودکی بیش نبود.

La hermana que sólo tuvo unos pocos placeres modestos.

خواهری که فقط چند لذت کوچک داشت.

La hermana a quien le gustaba principalmente tocar el violín.

خواهری که عمدتاً از نواختن ویولن لذت می‌برد.

Ella sabía que su anterior forma de vida era muy envidiable;

او می‌دانست که شیوه‌ی زندگی قبلی‌اش بسیار رشک‌برانگیز بوده است؛

Vestirse bien, levantarse tarde, ayudar en la casa.

لباس خوب پوشیدن، تا دیروقت بیدار ماندن، کمک کردن در کارهای خانه.

La conversación a menudo giraba en torno a la necesidad de ganar dinero.

مکالمه اغلب به نیاز به کسب درآمد می‌کشید.

Gregor siempre era el primero en soltar la puerta.

گرگور همیشه اولین کسی بود که در را رها می‌کرد.

La conversación lo puso caliente de vergüenza y dolor.

این گفتگو او را از شرم و اندوه داغ کرد.

Entonces se dejó caer en el refrescante sofá de cuero.

بنابراین خودش را روی مبل چرمی خنک انداخت.

Y a menudo pasaba el resto de la noche en el sofá.

و او اغلب بقیه شب را روی مبل می‌گذراند.

Nunca durmió realmente en el sofá, ni tampoco por la noche.

او هیچ‌وقت واقعاً روی مبل نمی‌خوابید، و شب‌ها هم نمی‌خوابید.

A menudo, simplemente se quedaba rascando el cuero durante horas y horas.

اغلب او ساعت‌ها بی‌وقفه چرم را می‌خاراند.

Otras veces empujaba el sillón hacia la ventana.

بعضی وقت‌ها هم صندلی راحتی را تا کنار پنجره هل می‌داد.

Esto solo requirió un gran esfuerzo de su parte.

این به تنهایی مستلزم تلاش زیادی از جانب او بود.

El sillón le ayudó a subirse al alféizar de la ventana.

صندلی راحتی به او کمک کرد تا روی لبه پنجره بخزد.

Y desde allí pudo apoyarse en la ventana.

و از آنجا توانست به پنجره تکیه دهد.

Solía sentir una gran sensación de libertad al hacer esto.

او با انجام این کار احساس آزادی زیادی می‌کرد.

Quizás estaba buscando algún viejo sentimiento liberador.

شاید او دنبال یک حس رهایی‌بخش قدیمی می‌گشت.

Pero su visión no era tan nítida como solía ser.

اما دیدش دیگر مثل سابق تیز نبود.

Las cosas a cierta distancia se veían borrosas e indistintas.

چیزهایی که در فاصله کمی بودند، تار و نامشخص بودند.

Ya no podía ver el hospital al otro lado de la calle.

دیگر نمی‌توانست بیمارستان آن طرف خیابان را ببیند.

Antes había maldecido la vista, ahora quería verla.

پیش از این منظره را نفرین کرده بود، حالا می‌خواست آن را ببیند.

Sabía que vivía en la tranquila y urbana Charlottenstrasse.

او می‌دانست که در خیابان شارلوتن، خیابان آرام و شهری، زندگی

می‌کند.

Pero podría haber pensado que estaba mirando el desierto.

اما شاید فکر می‌کرد که دارد به بیابان نگاه می‌کند.

Un páramo donde el cielo gris y la tierra gris se fusionaban.

سرزمین بایری که آسمان خاکستری و زمین خاکستری در آن به هم

می‌پیوستند.

La atenta hermana notó dos veces que la silla se había
movido.

خواهرِ هوشیار دو بار متوجه شد که صندلی تکان خورده است.

Después de ordenar, empujó la silla hacia la ventana.

بعد از مرتب کردن، صندلی را به سمت پنجره هل داد.

Y a partir de ahora incluso dejó la ventana abierta.

و از حالا به بعد او حتی کرکره پنجره را هم باز گذاشت.

Gregor realmente hubiera deseado poder hablar con su
hermana.

گرگور واقعاً آرزو می‌کرد که می‌توانست با خواهرش صحبت کند.

Quería agradecerle por todo lo que hizo por él.

دلش می‌خواست از او به خاطر تمام کارهایی که برایش انجام داده
بود تشکر کند.

Entonces habría tolerado más fácilmente sus servicios.

آنگاه او راحت‌تر می‌توانست خدمات آنها را تحمل کند.

Pero tal como estaban las cosas, él sufrió por su ayuda.

اما در هر صورت، او از کمک او رنج می‌برد.

La hermana, por supuesto, intentó disimular la vergüenza.

خواهر، البته، سعی کرد خجالت را کمرنگ کند.

Y ella hizo todo lo posible para fingir que no se sentía
agobiada.

و او تمام تلاشش را کرد تا وانمود کند که بار مسئولیتی را احساس
نمی‌کند.

Por supuesto, esto es algo que tenía que practicar primero.

البته این چیزی است که او ابتدا باید تمرین می‌کرد.

Y cuanto más tiempo pasaba, mejor lo hacía.

و هر چه زمان بیشتر می‌گذشت، او در این کار بهتر می‌شد.

Pero a Gregor también se le dio más tiempo para ver su pretensión.

اما به گرگور زمان بیشتری هم داده شد تا تظاهر او را ببیند.

Incluso su entrada a su habitación fue una prueba para él.

حتی ورود او به اتاقش برای او یک مصیبت بود.

Tan pronto como entró, corrió directamente a la ventana.

به محض اینکه وارد شد، مستقیم به سمت پنجره دوید.

Ni siquiera se tomó el tiempo de cerrar la puerta.

حتی وقت نکرد در را ببندد.

Normalmente ella evitaba que todos vieran la habitación de Gregor.

معمولاً او همه را از دیدن اتاق گرگور معاف می‌کرد.

Y abrió la ventana de golpe con manos apresuradas.

و با دستانی عجولانه پنجره را به زور باز کرد.

Luego volvió a respirar como si se estuviera asfixiando.

سپس دوباره نفس کشید، انگار که داشت خفه می‌شد.

El aire que entraba era frío y ella respiraba profundamente.

هوای ورودی سرد بود و او نفس عمیقی کشید.

Pero aún así se quedó junto a la ventana por un rato.

اما با این وجود، او مدتی کنار پنجره ماند.

Con esta rutina asustaba a Gregor dos veces al día.

او با این کار، روزی دو بار گرگور را می‌ترساند.

Mientras ella estaba en la habitación él temblaba debajo del sofá.

در حالی که او در اتاق بود، مرد زیر مبل می‌لرزید.

Él sabía que a ella le habría gustado ahorrarle esa terrible experiencia.

او می‌دانست که او دوست دارد او را از این مصیبت نجات دهد.

Pero ella no podía estar en la habitación con la ventana cerrada.

اما او نمی‌توانست در اتاقی باشد که پنجره‌اش بسته است.

Hubo una ocasión en que ella llegó un poco antes.

یک بار بود که او کمی زودتر آمد.

Probablemente alrededor de un mes después de la transformación de Gregor.

احتمالاً حدود یک ماه پس از تحول گرگور.

Ella se había acostumbrado un poco a su nueva apariencia.

او تا حدودی به ظاهر جدیدش عادت کرده بود.

Así que ya no tenía por qué estar particularmente sorprendida.

بنابراین او دیگر دلیلی برای شوکه شدن نداشت.

Ella lo encontró todavía mirando por la ventana, inmóvil.

او را دید که هنوز بی‌حرکت به بیرون پنجره خیره شده است.

Estaba en el lugar más horrible en el que podría haber estado.

او در وحشتناک‌ترین جایی که می‌توانست باشد، قرار داشت.

No le habría sorprendido si ella no hubiera entrado.

اگر او وارد نشده بود، تعجب نمی‌کرد.

Donde le impidió abrir la ventana.

جایی که او مانع از باز کردن پنجره توسط او شد.

Ella salió rápidamente de la habitación y cerró la puerta.

دوباره سریع از اتاق بیرون رفت و در را بست.

Un extraño podría haber llegado a todo tipo de conclusiones.

یک غریبه می‌توانست به انواع و اقسام نتیجه‌گیری‌ها برسد.

Quizás sólo estaba esperando la oportunidad de morderla.

شاید او فقط منتظر فرصتی بود تا او را گاز بگیرد.

Gregor, por supuesto, se escondió inmediatamente debajo del sofá.

گرگور، البته، بلافاصله زیر مبل پنهان شد.

Pero tuvo que esperar hasta el mediodía para que su hermana regresara.

اما مجبور بود تا ظهر منتظر بماند تا خواهرش برگردد.

Y ella parecía mucho más inquieta que de costumbre.

و او خیلی بی‌قرارتر از همیشه به نظر می‌رسید.

Se dio cuenta de que verlo todavía era insoportable.

متوجه شد که دیدن او هنوز هم برایش غیرقابل تحمل است.

Verlo seguiría siendo insoportable para ella.

دیدن او برایش غیرقابل تحمل باقی می‌ماند.

Probablemente no podría soportar ver ninguna parte de él.

احتمالاً تحمل دیدن هیچ قسمتی از او را نداشت.

Siempre sobresalía una pequeña parte de debajo del sofá.

همیشه یک قسمت کوچک از زیر مبل بیرون زده بود.

Un día llevó una sábana sobre su espalda hasta el sofá.

یک روز او یک ملحفه را روی پشتش تا روی مبل حمل کرد.

Quería evitar que ella viera cualquier parte de él.

می‌خواست کاری کند که او هیچ قسمتی از وجودش را نبیند.

Él dispuso la sábana de tal manera que todo él quedara oculto.

او ملحفه را طوری مرتب کرد که تمام بدنش پنهان بماند.

Incluso si se agachara no podría verlo.

حتی اگر خم می‌شد، نمی‌توانست او را ببیند.

Todo el esfuerzo le llevó a Gregor más de tres horas.

کل این تلاش بیش از سه ساعت برای گرگور طول کشید.

Quizás pensó que la sábana era innecesaria.

شاید فکر می‌کرد که ملحفه غیرضروری است.

Ella habría sabido que él no quería la sábana.

او حتماً می‌دانست که او ملحفه را نمی‌خواهد.

Lo hacía para su comodidad, no para la suya propia.

او این کار را برای راحتی او انجام می‌داد، نه برای خودش.

Y podría haber quitado la sábana si hubiera querido.

و اگر می‌خواست می‌توانست ملحفه را کنار بزند.

Pero dejó la sábana donde Gregor la había puesto.

اما ملافه را همان جایی که گرگور گذاشته بود، گذاشت.

Y Gregor incluso creyó haber captado una mirada de agradecimiento.

و گرگور حتی فکر کرد که نگاه سپاسگزاری را دیده است.

Había levantado suavemente la sábana con la cabeza.

او به آرامی با سرش ملافه را بالا زده بود.

Quería ver si a su hermana le gustaba el arreglo.

او می‌خواست ببیند که آیا خواهرش از این چیدمان خوشش آمده است یا نه.

Las dos primeras semanas fueron las más difíciles para los padres.

دو هفته اول برای والدین سخت‌ترین بود.

No pudieron animarse a entrar y verlo.

آنها نتوانستند خود را راضی کنند که به داخل بیایند و او را ببینند.

Escuchó muchas de sus conversaciones en ese momento.

او در این زمان بسیاری از مکالمات آنها را شنید.

Reconocieron plenamente todo lo que hacía la hermana.

آنها کاملاً هر کاری که خواهر انجام می‌داد را تصدیق کردند.

Aunque solían estar molestos con ella a menudo.

با اینکه قبلاً اغلب از او دلخور بودند.

Porque ella parecía ser una chica un tanto inútil.

چون به نظر می‌رسید که او دختر بی‌فایده‌ای است.

Ahora eran ellos quienes esperaban al otro lado de la habitación.

حالا آنها بودند که در آن سوی اتاق منتظر بودند.

Y fue ella quien entró en la habitación a hacer todo.

و این او بود که برای انجام همه کارها وارد اتاق شد.

Tan pronto como salió quisieron saberlo todo.

به محض اینکه او بیرون آمد، آنها می‌خواستند همه چیز را بدانند.

Tenía que decirles exactamente cómo era la habitación.

او مجبور بود دقیقاً به آنها بگوید اتاق چه شکلی است.

¿Qué comió Gregor? ¿Cómo se comportó esta vez?

»گرگور چی خورد؟ این دفعه چه رفتاری داشت؟«

"¿Quizás se notó una ligera mejoría?"

»شاید کمی پیشرفت محسوس بود؟«

La madre, por cierto, fue en realidad más valiente.

اتفاقاً، مادر واقعاً شجاع‌تر بود.

Y por supuesto, era su propio hijo el que estaba dentro de la habitación.

و البته پسر خودش هم داخل اتاق بود.

En realidad quería visitar a Gregor relativamente pronto.

او در واقع می‌خواست نسبتاً زود گرگور را ببیند.

Pero al principio el padre y la hermana la frenaron.

اما پدر و خواهر در ابتدا مانع او شدند.

Le dieron argumentos muy racionales para que no fuera.

آنها استدلال‌های بسیار منطقی‌ای برای نرفتن او آوردند.

Gregor escuchó con mucha atención sus razonamientos.

گرگور با دقت فراوان به استدلال آنها گوش داد.

Y él aceptó el razonamiento tanto como su madre.

و او هم مثل مادرش این استدلال را پذیرفت.

Pero más tarde hubo que retenerla por la fuerza.

اما بعداً مجبور شدند او را به زور عقب نگه دارند.

"¡Déjame entrar con Gregor, es mi desdichado hijo!"

«بگذار بروم داخل، پیش گرگور، او پسر نگون بخت من است»!

-¿No entiendes que tengo que ir a verlo?

«مگر نمی‌فهمی که باید بروم او را ببینم؟»

Gregor también se dejó convencer por los argumentos de su madre.

گرگور هم با استدلال های مادرش قانع شد.

Quizás tenía razón: sería bueno que entrara.

شاید حق با او بود؛ خوب می‌شد اگر او می‌آمد داخل.

Venir a verlo todos los días sería demasiado.

هر روز دیدنش خیلی زیاده‌روی خواهد بود.

Pero verlo una vez a la semana podría ser suficiente.

اما شاید هفته‌ای یک بار دیدنش کافی باشد.

Ella podría entender las cosas mucho mejor que la hermana.

او ممکن است مسائل را خیلی بهتر از خواهرش درک کند.

A pesar de todo su coraje, ella todavía era sólo una niña.

با وجود تمام شجاعتش، او هنوز فقط یک کودک بود.

Quizás la imprudencia infantil la impulsó a aceptar esa tarea.

شاید بی‌احتیاطی کودکانه باعث شد که او این وظیفه را به عهده

بگیرد.

Pero el deseo de Gregor de ver a su madre pronto se hizo realidad.

اما آرزوی گرگور برای دیدن مادرش خیلی زود محقق شد.

Durante el día Gregor se mantenía alejado de la ventana.

گرگور در طول روز از پنجره فاصله می‌گرفت.

Lo hizo por consideración a sus padres.

او این کار را به خاطر احترام به والدینش انجام داد.

No tenía mucho espacio para arrastrarse por el suelo.

او فضای زیادی برای خزیدن روی زمین نداشت.

Le resultaba difícil permanecer quieto durante la noche.

برایش سخت بود که شب‌ها بی‌حرکت دراز بکشد.

Comer ya no le producía el más mínimo placer.

دیگر غذا خوردن کوچکترین لذتی برایش نداشت.

Por supuesto que tenía que encontrar alguna manera de distraerse.

البته او باید راهی برای پرت کردن حواسش پیدا می‌کرد.

Para entretenerse se arrastraba por las paredes.

برای سرگرم کردن خودش، از دیوارها بالا و پایین می‌خزید.

Y también se arrastró por el techo, boca abajo.

و او همچنین در امتداد سقف، بالا و پایین، سینه خیز رفت.

Estaba especialmente feliz cuando colgaba del techo.

او مخصوصاً وقتی از سقف آویزان می‌شد، خیلی خوشحال بود.

Fue completamente diferente a estar tendido en el suelo.

کاملاً با دراز کشیدن روی زمین فرق داشت.

Le resultó mucho más fácil respirar en esta posición.

او متوجه شد که در این حالت نفس کشیدن برایش بسیار آسان‌تر است.

Una ligera pero agradable vibración recorrió su cuerpo.

لرزشی خفیف اما دلپذیر از بدنش گذشت.

A veces incluso se relajaba demasiado en su felicidad.

گاهی اوقات او حتی بیش از حد در شادی خود غرق می‌شد.

A veces se distraía y se soltaba del techo.

او گاهی حواسش پرت می‌شد و سقف را رها می‌کرد.

Y para su propia sorpresa, aterrizó de nuevo en el suelo.

و در کمال تعجب خودش دوباره روی زمین فرود آمد.

Pero tenía mucho mejor control de su cuerpo que antes.

اما او کنترل بدنش را خیلی بهتر از قبل در دست داشت.

Para que ahora no se haga daño con caídas tan fuertes.

بنابراین او حالا از چنین سقوط‌های بزرگی آسیبی ندیده بود.

La hermana notó inmediatamente el nuevo placer de Gregor.

خواهر فوراً متوجه لذت جدید گرگور شد.

Y había restos de adhesivo donde se había arrastrado.

و ردی از چسب در جایی که او خزیده بود، دیده می‌شد.

Aquí nuevamente la hermana pensó en el bienestar de Gregor.

اینجا دوباره خواهر به سلامتی گرگور فکر کرد.

Quizás apreciaría más espacio para gatear.

شاید او قدردان فضای بیشتر برای خزیدن باشد.

Y la idea se instaló firmemente en su cabeza.

و این ایده کاملاً در ذهن او تثبیت شد.

Algunos de los muebles de gran tamaño impedían su libre movimiento.

بعضی از اثاثیه بزرگ مانع از حرکت آزادانه او می‌شدند.

Ya no trabajaba así que no necesitaba el escritorio.

او دیگر کار نمی‌کرد، بنابراین نیازی به میز نداشت.

Y la caja ocupaba más espacio del necesario. ***

و جعبه هم فضای بیشتری از آنچه لازم بود اشغال کرد*** .

La hermana no era capaz de mover estas cosas sola.

خواهر به تنهایی قادر به جابجایی این وسایل نبود.

Por supuesto que no se atrevió a pedirle ayuda al padre.

البته او جرات نکرد از پدرش کمک بخواهد.

La criada seguramente tampoco la habría ayudado.

آن خدمتکار هم مطمئناً به او کمکی نمی‌کرد.

La nueva criada era de hecho un año más joven que ella.

خدمتکار جدید در واقع یک سال از او کوچکتر بود.

Ella había asumido valientemente el papel de ex sirvienta.

او شجاعانه نقش خدمتکار سابق را بر عهده گرفته بود.

Pero había un privilegio que ella insistía en tener.

اما یک امتیاز وجود داشت که او اصرار داشت از آن برخوردار
باشد.

Ella quería mantener la cocina cerrada en todo momento.

دلش می‌خواست آشپزخانه همیشه قفل باشد.

Así que la hermana no tuvo más remedio que preguntarle a
su madre.

بنابراین خواهر چاره‌ای جز پرسیدن از مادرش نداشت.

Con gritos de emocionada alegría la madre acudió a ayudar.

مادر با فریادهای شادی و هیجان برای کمک به سمتش آمد.

Pero ella se quedó en silencio en la puerta de la habitación
de Gregor.

اما او در آستانه‌ی در اتاق گرگور ساکت شد.

La hermana comprobó que todo en la habitación estuviera
bien.

خواهر بررسی کرد که آیا همه چیز در اتاق خوب است یا خیر.

Gregor había tirado apresuradamente la sábana aún más fuerte.

گرگور با عجله ملحفه را محکم‌تر به دور خود پیچیده بود.

Aunque la sábana todavía parecía colocada al azar.

اگرچه ملحفه هنوز هم به نظر نامنظم چیده شده بود.

Y sólo entonces dejó que su madre entrara en la habitación.

و تنها پس از آن اجازه داد مادرش وارد اتاق شود.

Gregor también se abstuvo de espiar desde debajo de la sábana.

گرگور همچنین از جاسوسی از زیر ملحفه خودداری کرد.

Decidió no volver a ver a su madre esta vez.

او تصمیم گرفت این بار از دیدن مادرش صرف نظر کند.

Gregor estaba muy contento de que ella hubiera entrado.

گرگور از اینکه او اصلاً آمده بود، به اندازه کافی خوشحال بود.

"Pasa, no puedes verlo", dijo la hermana.

خواهر گفت: «بیا تو، نمی‌توانی او را ببینی».

Gregor supuso que ella llevaba a su madre de la mano.

گرگور فرض کرد که او مادرش را با دست هدایت می‌کند.

Entonces escuchó a las dos mujeres débiles moviendo los muebles.

سپس صدای دو زن ضعیف را شنید که داشتند اثاثیه را جابه‌جا

می‌کردند.

La hermana parecía reclamar la mayor parte del trabajo para ella misma.

به نظر می‌رسید خواهر بیشتر کارها را برای خودش انجام می‌دهد.

Su madre temía que se esforzara demasiado.

مادرش می‌ترسید که او بیش از حد به خودش فشار بیاورد.

Pero la hermana no hizo caso a estas advertencias.

اما خواهر به این هشدارها توجهی نکرد.

Pero incluso después de quince minutos el progreso era muy lento.

اما حتی بعد از پانزده دقیقه هم پیشرفت خیلی کند بود.

No habían conseguido mover los muebles muy lejos.

آنها نتوانسته بودند اثاثیه را خیلی جابجا کنند.

Poco a poco empezaron a sentir una sensación de derrota.

کم کم داشتند حس شکست را تجربه می‌کردند.

La madre fue la primera en admitir la inutilidad.

مادر اولین کسی بود که به بیهودگی این کار اعتراف کرد.

"Quizás sería mejor dejar la caja aquí."

»شاید بهتر باشد جعبه را اینجا بگذاریم«.

"La caja es demasiado pesada para que podamos moverla mucho más lejos".

»جعبه خیلی سنگین است و نمی‌توانیم خیلی جلوتر برویم«.

"Y no terminaremos antes de que llegue tu padre."

»و ما تا قبل از رسیدن پدرت کار را تمام نمی‌کنیم«.

Dejar la caja aquí le bloquearía aún más el camino.

»گذاشتن جعبه اینجا، راهش را بیشتر مسدود می‌کرد«.

"¿Y podemos estar seguros de que le estamos haciendo un favor?"

»و آیا می‌توانیم مطمئن باشیم که داریم به او لطف می‌کنیم؟«

Comenzaron a pensar que bien podría ser cierto lo opuesto.

آنها شروع به فکر کردن کردند که ممکن است عکس این قضیه صادق باشد.

La visión de la pared vacía pesó mucho en su corazón.

دیدن دیوار خالی دلش را به درد آورد.

¿Quién diría que Gregor no se sentiría así también?

چی میشه گفت که گرگور هم همچنین احساسی نخواهد داشت؟

"Ya está acostumbrado a los muebles de su habitación."

او از قبل به مبلمان اتاقش عادت کرده است.

"Podría sentirse aún más abandonado en una habitación vacía".

او ممکن است در یک اتاق خالی حتی بیشتر احساس رها شدن کند.

Para entonces su voz se había reducido casi a un susurro.

حالا دیگر صدایش تقریباً به زمزمه‌ای تبدیل شده بود.

En realidad no sabía el paradero exacto de Gregor.

او در واقع محل دقیق گرگور را نمی‌دانست.

Ella no quería ni siquiera que él escuchara el sonido de su voz.

دلش نمی‌خواست حتی صدایش را هم بشنود.

Aunque ella estaba segura de que él no la entendía.

اگرچه مطمئن بود که او او را درک نمی‌کند.

"¿No parecería como si lo hubiéramos abandonado por completo?"

»به نظر نمی‌رسد که ما کاملاً از او ناامید شده‌ایم؟«

"¿No sentirá que lo estamos dejando solo?"

»آیا احساس نخواهد کرد که او را به حال خود رها کرده‌ایم تا تنها

با این شرایط کنار بیاید؟«

"Deberíamos dejar la habitación exactamente como estaba".

»ما باید اتاق را دقیقاً به همان شکلی که بود، ترک کنیم«.

"Al final Gregor volverá con nosotros como antes."

»سرانجام گرگور همانطور که بود، پیش ما باز خواهد گشت«.

"Entonces encontrará que todo sigue en su lugar."

»آنگاه او خواهد دید که همه چیز هنوز سر جای خودش است«.

"Y olvidará mucho más fácilmente el período interino".

و او دوره موقت را خیلی راحت‌تر فراموش خواهد کرد».

Cuando Gregor escuchó estas palabras se dio cuenta de algo.

وقتی گرگور این حرف‌ها را شنید، متوجه چیزی شد.

Su mente se había vuelto confusa durante los últimos dos meses.

ذهنش در طول دو ماه گذشته آشفته شده بود.

La falta de interacción humana no había sido buena para él.

فقدان تعامل انسانی برای او خوب نبود.

Realmente necesitaba la vida monótona en medio de su familia.

او واقعاً به زندگی یکنواخت در میان خانواده‌اش نیاز داشت.

¿Por qué si no habría hecho una exigencia tan absurda?

وگرنه چرا باید چنین درخواست بی‌معنی و بی‌معنی‌ای را مطرح می‌کرد؟

¿Qué sentido tenía vaciar su habitación?

چه دلیلی برای خالی کردن اتاقش وجود داشت؟

La cómoda habitación amueblada con muebles heredados.

اتاق راحت با مبلمان موروثی مبله شده بود.

¿Por qué querría convertir ese calor conocido en una cueva?

چرا او باید بخواهد این گرمای آشنا را به یک غار تبدیل کند؟

Una cueva donde poder arrastrarse en todas direcciones en paz.

غاری که می‌توانست در آن با آرامش به هر سو بخزد.

Pero una cueva en la que olvidó rápidamente su pasado humano.

اما غاری که در آن به سرعت گذشته انسانی خود را فراموش کرد.

Tuvo que preguntarse si ya estaba cerca de olvidar.

باید فکر می‌کرد که آیا همین الان هم به فراموشی نزدیک شده است یا نه.

La voz de su madre lo había sacudido y lo había hecho recordar.

صدای مادرش او را به یاد گذشته انداخت.

La voz que no había oído durante tanto tiempo.

صدایی که مدت‌ها بود نشنیده بود.

No había que quitar nada, todo tenía que quedar.

هیچ چیز نباید حذف می‌شد؛ همه چیز باید سر جایش می‌ماند.

Los muebles influyeron positivamente en su condición.

مبلمان تأثیر مثبتی بر وضعیت او گذاشت.

Y no podría vivir sin este ancla en el pasado.

و او نمی‌توانست بدون این تکیه‌گاه به گذشته کنار بیاید.

Los muebles impedían que se arrastrara sin sentido.

اثاثیه مانع از خزیدن بی‌هدف او می‌شد.

Pero eso no fue una pérdida, sino más bien una gran ventaja.

اما این ضرر نبود؛ بلکه یک مزیت بزرگ بود.

Lamentablemente la hermana tenía una opinión muy diferente.

متأسفانه خواهر نظر کاملاً متفاوتی داشت.

Ella se había convertido en una especie de portavoz de Gregor.

او تا حدودی به سخنگوی گرگور تبدیل شده بود.

Por supuesto que su opinión no era del todo injustificada.

البته نظر او کاملاً بی‌اساس نبود.

Pero aquí la opinión de su madre tuvo que ser contradicha.

اما اینجا باید نظر مادرش نقض می‌شد.

Ahora no era solo la caja la que había que retirar.

حالا فقط جعبه نبود که باید برداشته می‌شد.

Ni su escritorio ni el armario podían permanecer allí.

میز تحریر و کمد لباسش هم نمی‌توانستند بمانند.

Lo único imprescindible era el sofá.

تنها چیزی که ضروری بود، مبل بود.

Ella no decidió esto sólo por desafío infantil.

او این تصمیم را فقط از روی لجبازی کودکانه نگرفت.

Tampoco fue su recientemente adquirida confianza en sí misma.

این اعتماد به نفسی که اخیراً به دست آورده بود هم نبود.

La nueva confianza que tuvo que trabajar muy duro para ganar.

اعتماد به نفس جدیدی که برای به دست آوردنش باید سخت تلاش می‌کرد.

Aunque nadie esperaba que ella pudiera hacerlo.

با اینکه هیچ‌کس انتظار نداشت او بتواند این کار را انجام دهد.

Gregor realmente necesitaba mucho espacio para gatear.

گرگور واقعاً به فضای زیادی برای سینه خیز رفتن نیاز داشت.

Los muebles sólo limitaban el espacio del que disponía.

مبلمان فقط فضای موجود او را محدود می‌کرد.

Ella podía ver estas cosas mejor que la madre.

او می‌توانست این چیزها را بهتر از مادر ببیند.

Pero quizá su espíritu romántico también jugó un papel.

اما شاید روحیه رمانتیک او نیز نقشی داشته باشد.

Las niñas de esa edad suelen desarrollar cierto entusiasmo.

دخترهای آن سن اغلب شور و شوق خاصی پیدا می‌کنند.

Y sienten la necesidad de salirse con la suya siempre que pueden.

و آنها احساس می‌کنند که باید هر زمان که می‌توانند، حرف خود را بزنند.

Quizás por eso quería sabotearlo en secreto.

شاید به همین دلیل بود که می‌خواست مخفیانه او را خرابکاری کند.

Es aún más aterrador cuando se arrastra por las paredes.

وقتی روی دیوارها می‌خزد، ترسناک‌تر هم می‌شود.

Los padres ya no se atrevían a entrar en la habitación.

پدر و مادر دیگر جرات ورود به اتاق را نداشتند.

Ella realmente sería la única cuidadora de su hermano.

او واقعاً تنها سرپرست برادرش خواهد بود.

Ella no dejó que su madre la persuadiera de lo contrario.

او نگذاشت مادرش او را متقاعد کند که نظرش عوض شود.

La madre de Gregor ya se sentía incómoda en la habitación.

مادر گرگور از قبل در اتاق احساس ناراحتی می‌کرد.

Pronto dejó de hablar y ayudó nuevamente a su hija.

او خیلی زود حرف زدن را متوقف کرد و دوباره به دخترش کمک کرد.

Con las fuerzas que les quedaban retiraron el armario.

با قدرت باقی مانده‌شان کمد لباس را برداشتند.

La cómoda era algo de lo que podía prescindir.

کمد کشودار چیزی بود که می‌توانست بدون آن سر کند.

Pero el escritorio tendría que quedarse allí por el momento.

اما میز فعلاً باید سر جایش می‌ماند.

Mientras las mujeres estaban ausentes, trató de evaluar la habitación.

در حالی که زن‌ها رفته بودند، او سعی کرد اتاق را ارزیابی کند.

Y Gregor asomó la cabeza por debajo del sofá.

و گرگور سرش را از زیر مبل بیرون آورد.

Tenía que ver qué podía hacer con la situación.

او باید می‌دید که با توجه به شرایط چه کاری از دستش برمی‌آید.

Pero fue lo más cuidadoso y considerado posible.

اما او تا حد امکان محتاط و با ملاحظه بود.

Desgraciadamente fue la madre quien regresó primero.

متأسفانه این مادر بود که اول برگشت.

Grete todavía estaba moviendo el armario en la habitación
de al lado.

گرت هنوز داشت کمد لباس اتاق بغلی را جابه‌جا می‌کرد.

Pero la madre no estaba acostumbrada a ver a Gregor.

اما مادر به دیدن گرگور عادت نداشت.

Incluso un simple vistazo a él podría haberla enfermado.

حتی یک نگاه اجمالی به او می‌توانست حالش را بد کند.

Gregor se apresuró a retroceder hasta el otro extremo del
sofá.

گرگور با عجله به عقب و به انتهای مبل رفت.

Pero no podía retroceder y equilibrar la sábana.

اما نمی‌توانست عقب برود و ملافه را متعادل نگه دارد.

El movimiento fue suficiente para llamar la atención de la
madre.

همین حرکت کافی بود تا توجه مادر را جلب کند.

Ella hizo una pausa y se quedó muy quieta por un breve
momento.

مکثی کرد و برای لحظه‌ای کوتاه کاملاً بی‌حرکت ایستاد.

Luego se dio la vuelta y salió de la habitación.

سپس برگشت و از اتاق بیرون رفت.

Gregor seguía diciéndose a sí mismo que no había ocurrido
nada inusual.

گرگور مدام به خودش می‌گفت هیچ اتفاق غیرعادی‌ای نیفتاده

است.

"Son sólo algunos muebles que se han llevado".

»فقط مقداری از اثاثیه است که برده شده است«.

Pero pronto tuvo que admitir que los acontecimientos le
afectaron.

اما خیلی زود مجبور شد اعتراف کند که این وقایع او را تحت تأثیر

قرار داده است.

Las mujeres habían estado diciendo todo lo que estaban
haciendo.

زن‌ها هر کاری که می‌کردند را می‌گفتند.

Habían estado caminando de un lado a otro por la
habitación.

آنها مدام در اتاق قدم می‌زدند و می‌آمدند.

El rayado de todos los muebles en el suelo.

صدای خش خش تمام وسایل روی زمین.

Se sentía como si lo atacaran desde todos lados.

احساس می‌کرد از هر طرف مورد هجوم قرار گرفته است.

Apretó la cabeza y las piernas lo más fuerte que pudo.

سر و پاهایش را تا جایی که می‌توانست محکم به داخل کشید.

Con todas sus fuerzas presionó su cuerpo contra el suelo.

با تمام قدرت بدنش را به زمین فشار داد.

Sabía que no podría soportar todo esto por mucho más
tiempo.

می‌دانست که دیگر نمی‌تواند این همه سختی را تحمل کند.

Vaciaron su habitación y se llevaron todo lo que amaba.

اتاقش را خالی کردند و هر چیزی را که دوست داشت، بردند.

Ya se habían llevado la caja que contenía todas sus herramientas.

آنها قبلاً جعبه‌ای را که تمام ابزارهایش در آن بود، برداشته بودند.

Ahora estaban aflojando su pesado escritorio del suelo.

حالا داشتند میز سنگینش را از روی زمین شل می‌کردند.

El escritorio en el que había trabajado después de regresar del trabajo.

میزی که بعد از برگشتن از سر کار روی آن کار کرده بود.

El escritorio en el que había escrito sus tareas comerciales.

میزی که تکالیف کاری‌اش را روی آن نوشته بود.

El escritorio en el que había hecho sus deberes en la escuela secundaria.

میزی که تکالیفش را در دوران راهنمایی روی آن انجام داده بود.

Sí, ya había tenido este pupitre en la escuela primaria.

بله، او قبلاً این میز را در دبستان داشت.

Realmente no tuvo tiempo de confirmar sus buenas intenciones.

او واقعاً وقت نداشت تا نیت خیر آنها را تأیید کند.

Aunque ya casi había olvidado que estaban allí.

هرچند تقریباً فراموش کرده بود که آنها آنجا هستند.

Porque trabajaban en silencio, por el cansancio.

زیرا آنها به دلیل خستگی مفرط، بی‌صدا کار می‌کردند.

Estaban demasiado cansados para anunciar sus movimientos ahora.

آنها خیلی خسته بودند که حالا حرکتشان را اعلام کنند.

Lo único que oyó fueron sus pesados pasos en el suelo.

تنها چیزی که می‌شنید صدای قدم‌های سنگین آنها روی زمین بود.

Justo en ese momento estaban apoyados sobre la caja.

درست در همان لحظه آنها به جعبه تکیه داده بودند.

Y entonces Gregor salió de debajo del sofá.

و همان موقع بود که گرگور از زیر مبل بیرون آمد.

Cambió la dirección en la que corría cuatro veces.

او چهار بار جهت دویدنش را تغییر داد.

No podía decidir qué elemento debía salvarse primero.

او نمی‌توانست تصمیم بگیرد که کدام مورد باید اول ذخیره شود.

De repente su atención se dirigió a la pared vacía.

ناگهان توجهش به دیوار خالی جلب شد.

Lo único que le quedó fue la fotografía de la dama con
pieles.

تنها چیزی که برایش باقی مانده بود، عکس آن خانمِ خزپوش بود.

Se arrastró hasta la imagen para presionar su cuerpo contra
el de ella.

او به سمت عکس خزید تا بدنش را به او بچسباند.

Y su cuerpo cubrió completamente la vista de la imagen.

و بدنش کاملاً نمای تصویر را پوشانده بود.

El vaso lo sostuvo y reconfortó su vientre caliente.

لیوان او را سرپا نگه داشت و شکم داغش را آرام کرد.

Esta fotografía ya no se la pudieron quitar.

دیگر نمی شد این عکس را از او گرفت.

Luego giró la cabeza hacia la puerta de la sala de estar.

سپس سرش را به سمت درِ اتاق نشیمن چرخاند.

Iba a observar mientras las mujeres regresaban a la
habitación.

او می‌خواست نگاه کند که زن‌ها به اتاق برمی‌گردند.

Y no descansaron mucho antes de regresar nuevamente.

و آنها خیلی زود استراحت نکردند و دوباره برگشتند.

El brazo de Grete rodeaba a su madre para ayudarla a caminar.

بازوی گرت دور مادرش بود تا به او در راه رفتن کمک کند.

"¿Qué nos llevamos ahora?" dijo Grete y miró a su alrededor.

گرت گفت: «حالا چی برداریم؟» و به اطراف نگاه کرد.

Justo en ese momento su mirada se encontró con los ojos de Gregor.

درست در همان لحظه نگاهش به چشمان گرگور افتاد.

A pesar del shock, mantuvo la presencia de ánimo.

با وجود شوک وارده، او حضور ذهن خود را حفظ کرد.

Probablemente sólo por la presencia de su madre.

احتمالاً فقط به خاطر حضور مادرش.

Ella inclinó su rostro hacia su madre, cubriéndole la vista.

صورتش را به سمت مادرش خم کرد و دیدش را پوشاند.

Y entonces dijo, aunque temblorosa y desconsiderada:

و سپس با لرز و بی‌فکری گفت:

-Vamos, ¿no deberíamos volver a la sala de estar?

»بیخیال، بهتر نیست برگردیم اتاق نشیمن؟«

Gregor podía comprender fácilmente las intenciones de la hermana.

گرگور به راحتی می‌توانست نیت خواهر را بفهمد.

Su primera prioridad fue poner a su madre a salvo.

اولویت اول او رساندن مادرش به مکانی امن بود.

Pero luego ella iba a perseguirlo desde la pared.

اما بعد می‌خواست او را از روی دیوار پایین بکشد.

«¡Pues claro que puede intentarlo!», pensó Gregor para sus adentros.

گرگور در دل فکر کرد: «خب، مطمئناً می‌تواند امتحان کند»!

Se sentó firmemente sobre su imagen y no renunció a ella.

او محکم و استوار روی عکسش نشسته بود و آن را رها نمی‌کرد.

Preferiría haberle saltado en la cara a la hermana.

ترجیح می‌داد توی صورت خواهر بپرد.

Pero las palabras de Grete preocuparon aún más a su madre.

اما حرف‌های گرت، مادرش را بیشتر نگران کرده بود.

Ella se hizo a un lado para ver lo que le ocultaban.

او کنار رفت تا ببیند چه چیزی از او پنهان شده است.

Y vio la mancha marrón en el papel pintado floreado.

و او لکه قهوه‌ای را روی کاغذ دیواری گلدار دید.

Y ella gritó antes de darse cuenta de que era Gregor.

و قبل از اینکه حتی متوجه شود گرگور است، جیغ زد.

"Oh Dios", gritó con los brazos extendidos.

با دستانی گشوده فریاد زد: «خدای من»!

Y ella se dejó caer en el sofá como si se hubiera rendido.

و طوری روی کاناپه افتاد که انگار تسلیم شده بود.

—¡Gregor! —gritó la hermana levantando el puño.

خواهر با مشتی گره کرده رو به او فریاد زد: «گرگور»!

Y ella le dirigió una mirada larga, dura y penetrante.

و نگاهی طولانی، سخت و نافذ به او انداخت.

Esta era la primera vez que hablaba con él directamente.

این اولین باری بود که او مستقیماً با او صحبت می‌کرد.

Corrió a la habitación de al lado para conseguir algunas sales aromáticas.

او به اتاق بغلی دوید تا مقداری نمک معطر بیاورد.

Tenía que devolverle la conciencia a su madre.

او مجبور شد مادرش را به هوش بیاورد.

Gregor quería ayudar, podría salvar la imagen más tarde.

گرگور می‌خواست کمک کند، می‌توانست بعداً عکس را ذخیره کند.

Pero él se había quedado firmemente pegado al cristal.

اما خودش را محکم به شیشه چسبانده بود.

Entonces tuvo que apartarse usando mucha fuerza.

بنابراین مجبور شد با نیروی زیادی خودش را از آن جدا کند.

Él también corrió a la habitación de al lado, donde estaba la hermana.

او نیز به اتاق کناری، جایی که خواهر بود، دوید.

En el pasado podría haberle dado algún consejo.

در روزگاران قدیم می‌توانست به او نصیحتی بکند.

Pero ahora no podía hacer nada más que quedarse de brazos cruzados y observar.

اما حالا کاری از دستش برنمی‌آمد جز اینکه بی‌تفاوت بایستد و تماشا کند.

Revolvió el cajón y abrió varias botellas.

او جعبه را زیر و رو کرد و بطری‌های مختلف را باز کرد.

Y todavía la asustó cuando ella se dio la vuelta.

و وقتی برگشت، هنوز هم او را می‌ترساند.

Una botella cayó al suelo, se rompió y se astilló.

یک بطری روی زمین افتاد، شکست و تکه تکه شد.

Una astilla de vidrio golpeó la cara de Gregor y lo hirió.

یک تکه شیشه به صورت گرگور برخورد کرد و او را زخمی کرد.

La botella contenía algún tipo de líquido cáustico.

بطری حاوی نوعی مایع سوزاننده بود.

Y ahora el líquido corrosivo quemaba la cara de Gregor.

و حالا مایع خورنده داشت صورت گرگور را می‌سوزاند.

Sin embargo, la hermana no tenía tiempo para Gregor en ese momento.

اما خواهر، در حال حاضر برای گرگور وقت نداشت.

Ella recogió tantas botellas como pudo.

او تا جایی که می‌توانست بطری‌ها را جمع کرد.

Y ella corrió de nuevo hacia su madre con la medicina.

و با دارو به سمت مادرش دوید.

Ella cerró la puerta con el pie, dejando afuera a Gregor.

با پایش در را محکم بست و گرگور را به بیرون پرت کرد.

Ahora estaba separado de su madre, que estaba potencialmente moribunda.

او حالا از مادرِ در حال مرگش جدا شده بود.

Si abriera la puerta, echaría a la hermana.

اگر در را باز می‌کرد، خواهر را از خود می‌راند.

Pero por supuesto tuvo que quedarse para cuidar a la madre.

اما البته او مجبور بود بماند و از مادر مراقبت کند.

Ya no podía hacer nada más que esperarlos.

حالا کاری از دستش برنمی‌آمد جز اینکه منتظرشان بماند.

Acosado por el autorreproche y la ansiedad, comenzó a gatear.

او که از سرزنش خود و اضطراب رنج می‌برد، شروع به خزیدن کرد.

Se arrastró por todas partes: las paredes, los muebles, el techo.

او همه جا را می‌خزید؛ دیوارها، مبلمان، سقف.

Sintió como si toda la habitación girara a su alrededor.

احساس می‌کرد تمام اتاق دور سرش می‌چرخد.

Finalmente, desesperado y mareado, volvió a caer.

سرانجام، در ناامیدی و سرگیجه، دوباره به زمین افتاد.

Y cayó justo encima de la gran mesa del comedor.

و درست روی میز بزرگ غذاخوری افتاد.

Pasó algún tiempo tendido allí, entumecido e incapaz de moverse.

او مدتی را در حالی که بی‌حس و ناتوان از حرکت بود، دراز کشید.

Estaba exhausto por todo lo que el día le había traído.

از تمام این روزی که بر سرش آمده بود، خسته شده بود.

Todo estaba tranquilo, pero tal vez eso era una buena señal.

همه جا ساکت بود، اما شاید این نشانه خوبی بود.

Entonces, rompiendo el silencio, sonó el timbre de la puerta de afuera.

سپس، سکوت را شکست، زنگ در از بیرون به صدا درآمد.

La criada, por supuesto, se había encerrado en su cocina.

البته خدمتکار خودش را در آشپزخانه حبس کرده بود.

Así que la hermana era la única que podía abrir la puerta.

بنابراین خواهر تنها کسی بود که می‌توانست در را باز کند.

"¿Qué pasó?" fue lo primero que preguntó el padre.

»چی شده؟« اولین چیزی که پدر پرسید این بود.

La aparición de Grete probablemente le había dicho todo.

احتمالاً ظاهر گرت همه چیز را به او گفته بود.

La voz de Grete se volvió apagada y apagada mientras hablaba.

صدای گرت هنگام صحبت خفه و گرفته شد.

Ella debió haber presionado su cara contra el pecho de su padre.

حتماً صورتش را به سینه پدرش چسبانده بود.

"La madre estaba inconsciente, pero ahora se siente mejor".

»مادر بیهوش بود، اما الان حالش بهتر است«.

—Gregor ha escapado —añadió, tal como él esperaba.

او اضافه کرد: »گرگور فرار کرده است.« که گرگور هم انتظارش را

داشت.

"Siempre te dije que algún día se escaparía."

»من همیشه به تو گفته‌ام که او روزی فرار خواهد کرد«.

—Pero vosotras, las mujeres, no quisisteis escucharme, ¿verdad?

»اما شما زن‌ها نمی‌خواستید به حرف‌های من گوش بدهید، نه؟«

Gregor se dio cuenta rápidamente de cómo veía las cosas su padre.

گرگور خیلی زود فهمید که پدرش اوضاع را چگونه می‌بیند.

Había malinterpretado el mensaje demasiado breve de Grete.

او پیام بیش از حد کوتاه گرت را اشتباه تفسیر کرده بود.

Supuso que Gregor había cometido algún acto de violencia.

او فرض کرد که گرگور مرتکب عمل خشونت‌آمیزی شده است.

Gregor tenía que encontrar una manera de apaciguar a su padre de alguna manera.

گرگور باید راهی پیدا می‌کرد تا به نحوی پدرش را آرام کند.

Porque no tuvo tiempo de explicarle las cosas.

چون وقت نداشت که برایش توضیح بدهد.

Pero de todos modos no habría podido explicar las cosas.

اما به هر حال او نمی‌توانست چیزها را توضیح دهد.

Entonces huyó hacia la puerta y se pegó a ella.

پس به سمت در فرار کرد و خودش را به آن چسباند.

De esa manera su padre podría verlo desde la antesala.

به این ترتیب پدرش می‌توانست او را از اتاق انتظار ببیند.

Y podría ver que tenía las mejores intenciones.

و او می‌توانست ببیند که او بهترین نیت‌ها را دارد.

No había necesidad de empujarlo con una escoba.

نیازی نبود با جارو او را به عقب هل بدهند.

Lo único que el padre habría tenido que hacer era abrir la puerta.

تنها کاری که پدر باید انجام می‌داد این بود که در را باز کند.

Pero él no estaba de humor para notar tales sutilezas.

اما او حوصله نداشت به چنین نکات ظریفی توجه کند.

"¡Ahí estás!" exclamó nada más entrar.

به محض ورود فریاد زد: «اینجا هستی»!

Era como si estuviera enojado y feliz al mismo tiempo.

انگار همزمان عصبانی و خوشحال بود.

Echó la cabeza hacia atrás y miró al padre.

سرش را عقب کشید و به پدر نگاه کرد.

No se había imaginado que su padre estuviera allí así.

او تصور نمی‌کرد پدرش این‌طور آنجا ایستاده باشد.

Pero en los últimos tiempos había encontrado una nueva distracción.

اما او اخیراً یک حواس‌پرتی جدید پیدا کرده بود.

Gatear ahora ocupaba gran parte de su día.

حالا خزیدن بخش زیادی از روزش را می‌گرفت.

Antes, él estaba al tanto de todas las novedades que ocurrían en el apartamento.

قبلاً، او هرگونه خبری را در آپارتمان پیگیری می‌کرد.

Pero últimamente no había estado prestando tanta atención.

اما او اخیراً آنقدرها هم توجه نمی‌کرد.

Debería haber estado preparado para afrontar los cambios.

او باید برای مواجهه با تغییرات آماده می‌بود.

Sin embargo, ¿era este hombre que tenía delante todavía el padre?

با این وجود، آیا این مردِ قبل از او هنوز پدر بود؟

¿Era él el mismo hombre que solía yacer cansado en su cama?

آیا او همان مردی بود که قبلاً خسته در رختخوابش دراز می‌کشید؟

Cuando Gregor ya se había ido de viaje de negocios.

وقتی گرگور قبلاً به یک سفر کاری رفته بود.

¿Era él el mismo hombre que lo saludaba por las noches?

آیا او همان مردی بود که عصرها به او سلام می کرد؟

Cuando estaba en bata en su sillón.

وقتی که با لباس خوابش روی صندلی راحتی‌اش نشسته بود.

¿Era el mismo hombre que no pudo levantarse a darle la bienvenida?

آیا او همان مردی بود که نتوانست برای استقبال از او بلند شود؟

Entonces, permaneciendo sentado, levantó el brazo en señal de alegría.

بنابراین، همانطور که نشسته بود، دستش را به نشانه شادی بالا برد.

¿Era el mismo hombre con el que salía a caminar de vez en cuando?

آیا او همان مردی بود که گهگاه با او به پیاده‌روی می‌رفت؟

En raras ocasiones: algunos domingos al año o días festivos.

در موارد نادر: چند یکشنبه در سال یا تعطیلات.

¿Era él el mismo hombre que caminaba envuelto en su abrigo?

آیا او همان مردی بود که در حالی که پالتویش را پیچیده بود، راه

می‌رفت؟

¿Avanzó lentamente, entre la madre y él?

آیا او به آرامی، بین خودش و مادرش، به سمت جلو درد زایمان کشید؟

Y ellos ya caminaban lentamente por causa de él.

و آنها به خاطر او از قبل آهسته راه می‌رفتند.

Pero ahora este hombre estaba de pie, fuerte y erguido.

اما حالا این مرد محکم و راست ایستاده بود.

Estaba vestido con un uniforme azul con botones dorados.

او یک لباس فرم آبی با دکمه‌های طلایی پوشیده بود.

Botones que llevan los empleados de las instituciones bancarias.

دکمه‌هایی که خدمتکاران موسسات بانکی می‌پوشند.

Por encima del rígido cuello emergía su fuerte papada.

از بالای یقه سفت، غبغب قوی‌اش نمایان شد.

Bajo sus pobladas cejas se asomaban sus ojos negros.

از زیر ابروهای پرپشتش، چشمان سیاهش به بیرون دوخته شده بود.

Ahora sus ojos parecían penetrantes, frescos y alertas.

حالا چشمانش نافذ، شاداب و هوشیار به نظر می‌رسیدند.

El cabello blanco, anteriormente despeinado, fue peinado hacia abajo.

موهای سفیدِ آشفته‌ی قبلی، به سمت پایین شانه شده بود.

Y su cabello ahora tenía una meticulosa raya central.

و حالا موهایش با دقت از وسط فرق باز شده بود.

Arrojó su sombrero, que estaba adornado con un monograma dorado.

کلاهش را که با یک مونوگرام طلایی تزیین شده بود، پرتاب کرد.

Probablemente era el monograma del banco en el que trabajaba.

احتمالاً مونوگرام بانکی بود که در آن کار می‌کرد.

Y el sombrero aterrizó en el sofá, para guardarlo más tarde.

و کلاه روی مبل افتاد تا بعداً آن را سر جایش بگذارد.

Empujó hacia atrás la parte inferior de la larga chaqueta del uniforme.

پایین ژاکت بلند یونیفرم را عقب زد.

Y metió los pulgares en los bolsillos de sus pantalones.

و شست‌هایش را در جیب شلوارش فرو کرد.

Y luego, con cara sombría, caminó hacia Gregor.

و سپس با چهره‌ای گرفته به سمت گرگور رفت.

Probablemente ni siquiera sabía lo que planeaba hacer.

احتمالاً خودش هم نمی‌دانست چه نقشه‌ای در سر دارد.

Pero aún así levantó los pies inusualmente alto.

اما با این وجود، پاهایش را به طور غیرمعمولی بالا برد.

Gregor estaba asombrado por el enorme tamaño de sus botas.

گرگور از بزرگی چکمه‌هایش شگفت‌زده شد.

Pero realmente no había tiempo para maravillarse con sus zapatos.

اما واقعاً فرصتی برای شگفت‌زده شدن از کفش‌هایش نبود.

El padre había decidido aplicar una disciplina muy estricta.

پدر تصمیم گرفته بود که انضباط بسیار سختگیرانه‌ای داشته باشد.

Para Gregor sólo era apropiada la mayor severidad.

فقط شدیدترین مجازات برای گرگور مناسب بود.

Él lo sabía desde el primer día de su transformación.

او این را از همان روز اول تحولش می‌دانست.

Corrió hacia su padre y se detuvo cuando él se detuvo.

او به سمت پدرش دوید و وقتی او ایستاد، ایستاد.

Corrió hacia él nuevamente cuando se movió de nuevo.

وقتی دوباره حرکت کرد، دوباره با عجله به سمتش دوید.

El padre se detuvo un momento y Gregor también.

پدر لحظه‌ای مکث کرد، گرگور هم همینطور.

Y corrió hacia adelante nuevamente tan pronto como su
padre se movió.

و او به محض اینکه پدرش حرکت کرد، دوباره به جلو شتافت.

De esta manera dieron varias vueltas alrededor de la
habitación.

به این ترتیب آنها چندین بار دور اتاق چرخیدند.

Nadie había conseguido aún ninguna ventaja decisiva.

هنوز هیچ برتری قاطعی نصیب هیچ‌کس نشده بود.

No se podría haber tenido la impresión de una persecución.

اصلاً نمی‌شد حس تعقیب و گریز را از آن گرفت.

Porque todo el acontecimiento se estaba produciendo
demasiado lentamente.

چون کل ماجرا خیلی کند پیش می‌رفت.

Gregor había decidido quedarse en tierra.

گرگور تصمیم گرفته بود که روی زمین بماند.

Podría haber corrido por las paredes y a lo largo del techo.

او می‌توانست از دیوارها بالا برود و در امتداد سقف بدود.

Pero no quería provocar al padre innecesariamente.

اما او نمی‌خواست بی‌جهت پدر را تحریک کند.

Una huida así podría haber parecido especialmente perversa.

چنین فراری می‌توانست به طرز خاصی شرورانه به نظر برسد.

Gregor admitió que esta persecución no podía durar mucho
más.

گرگور اعتراف کرد که این تعقیب و گریز نمی‌تواند زیاد طول بکشد.

Cada paso debía ir acompañado de una miríada de
movimientos.

هر قدم باید با انبوهی از حرکات مواجه می‌شد.

Ya empezaba a sentir falta de aire.

او از قبل احساس تنگی نفس می‌کرد.

Incluso antes nunca había tenido unos pulmones
completamente confiables.

حتی قبل از آن هم ریه‌های کاملاً قابل اعتمادی نداشت.

Avanzó tambaleándose, guardando sus fuerzas para la
carrera.

او تلوتلو خوران راه می‌رفت و نقاط قوتش را برای دویدن نگه
می‌داشت.

Estaba tan cansado que apenas podía mantener los ojos
abiertos.

آنقدر خسته بود که به سختی چشمانش را باز نگه داشته بود.

Sus pensamientos se volvieron demasiado lentos para
pensar en otras escapatorias.

افکارش آنقدر کند شده بود که نمی‌توانست به راه‌های فرار دیگری
فکر کند.

Casi había olvidado que los muros estaban a su disposición.

او تقریباً فراموش کرده بود که دیوارها در دسترس او هستند.

Pero de todos modos las paredes estaban ocultas detrás de
los muebles.

اما به هر حال دیوارها پشت مبلمان پنهان شده بودند.

Y los muebles tenían demasiadas muescas y protuberancias.

و مبلمان بیش از حد فرورفتگی و برآمدگی داشت.

Y luego, justo a su lado, rodando, había una manzana.

و بعد، درست کنارش، در حالی که غلت می‌زد، یک سیب بود.

La manzana debió haberle sido arrojada, se dio cuenta.

او متوجه شد که سیب حتماً به سمت او پرتاب شده است.

Pero no tuvo tiempo de pensar antes de que llegara otra manzana.

اما قبل از اینکه سیب دیگری از راه برسد، وقت فکر کردن نداشت.

Gregor se quedó paralizado por la nueva estrategia del padre.

گرگور از دیدن تدبیر جدید پدر، از تعجب خشکش زد.

Ya no podía ganar nada intentando huir.

او دیگر از تلاش برای دویدن چیزی به دست نمی‌آورد.

El padre había decidido bombardearlo con fruta.

پدر تصمیم گرفته بود او را با میوه بمباران کند.

Se había llenado los bolsillos con lo que había en el frutero de la cocina.

جیب‌هایش را از ظرف میوه‌ی آشپزخانه پر کرده بود.

Sin apuntar especialmente, lanzó manzana tras manzana.

بدون هدف‌گیری خاص، سیب‌ها را یکی پس از دیگری پرتاب می‌کرد.

Estas pequeñas manzanas rojas rodaban por el suelo.

این سیب‌های قرمز کوچک روی زمین غلتیدند.

Como si estuvieran electrificadas, las manzanas chocaron entre sí.

انگار که برق به آنها وصل شده باشد، سیب‌ها به هم برخورد کردند.

Una de las manzanas lanzadas débilmente rozó la espalda de Gregor.

یکی از سیب‌هایی که با بی‌دقتی پرتاب شد، به پشت گرگور خورد.

Afortunadamente para él, la manzana se deslizó sin sufrir daño.

خوشبختانه برای او، آن سیب بدون هیچ آسیبی سر خورد و افتاد.

Sin embargo, la manzana lanzada después fue más precisa.

با این حال، سیبی که بعداً پرتاب شد دقیق‌تر بود.

Y esta manzana se alojó profundamente en la espalda de Gregor.

و این سیب خودش را در اعماق پشت گرگور جا داد.

Gregor quería alejarse del dolor.

گرگور می‌خواست خودش را از درد دور کند.

Quizás se pueda escapar de este nuevo e increíble dolor.

شاید می‌شد از این درد جدید و باورنکردنی فرار کرد.

Quizás un cambio de ubicación aliviaría su agonía.

شاید تغییر مکان می‌توانست درد و رنجش را تسکین دهد.

Pero se sentía como si lo hubieran clavado al suelo.

اما احساس می‌کرد که به زمین میخکوب شده است.

Se estiró, pero sólo debido a su confusión.

او خودش را کش و قوس داد، اما فقط به دلیل گیجی‌اش.

Sólo con su última mirada vio que la puerta se abría.

تنها با آخرین نگاهش، باز شدن در را دید.

La madre corrió hacia su hermana, que gritaba.

مادر با عجله از جلوی خواهر جیغ‌زنان بیرون دوید.

La hermana la había desnudado, por lo que estaba en camisa.

خواهر لباس‌هایش را درآورده بود، بنابراین او با پیراهنش بود.

Había necesitado respirar en su inconsciencia.

او در بیهوشی‌اش به فضای تنفس نیاز داشت.

Todavía veía cómo la madre corría hacia el padre.

او هنوز می‌دید که چگونه مادر به سمت پدر می‌دود.

Sus faldas se deslizaron hasta el suelo, una tras otra.

دامن‌هایش یکی پس از دیگری روی زمین سر خوردند.

La vio acercarse al padre y tropezar con su falda.

او دید که دختر به پدر نزدیک شد و دامنش به زمین خورد.

Abrazándolo, pidió que le perdonaran la vida a Gregor.

او را در آغوش گرفت و از گرگور خواست که جانش را نجات دهد.

En completa unión con su cuerpo, su vista falló.

در اتحاد کامل با بدنش، بینایی‌اش از کار افتاد.

Tercera parte

بخش سوم

Gregor sufrió la grave lesión durante más de un mes.

گرگور بیش از یک ماه از این آسیب شدید رنج برد.

La manzana quedó incrustada; nadie se atrevió a sacarla.

سیب در آن فرو رفته باقی ماند؛ هیچ کس جرأت بیرون آوردن آن را نداشت.

La manzana permaneció en su carne como un recordatorio visible.

سیب به عنوان یک یادآوری قابل مشاهده در گوشت او باقی ماند.

Pero la manzana también sirvió como recordatorio para el padre.

اما سیب همچنین به عنوان یادآوری برای پدر عمل کرد.

Se dio cuenta de que no debía tratar a Gregor como a un enemigo.

او متوجه شد که نباید با گرگور مثل یک دشمن رفتار کرد.

Actualmente su apariencia puede ser triste y repugnante.

در حال حاضر، ظاهر او ممکن است غم‌انگیز و چندش‌آور باشد.

Pero aún así, seguía siendo un miembro de su familia.

اما با این وجود، او هنوز عضوی از خانواده آنها بود.

Había que aceptar la reticencia y tolerarla.

این اکراه باید فرو خورده و تحمل می‌شد.

Debido a su herida, es posible que haya perdido su movilidad para siempre.

به دلیل جراحتش، ممکن است برای همیشه قدرت حرکتش را از دست بدهد.

Todavía gateaba por su habitación, pero mucho más lento.

او هنوز در اتاقش سینه خیز راه می‌رفت، اما خیلی کندتر.

Arrastrarse a cualquier altura estaba fuera de cuestión.

خزیدن در هر ارتفاعی غیرممکن بود.

Pero Gregor recibió algún tipo de compensación.

اما گرگور نوعی غرامت دریافت کرد.

Por la noche se le abrió la puerta del salón.

عصر، درِ اتاق نشیمن برایش باز شد.

Y consideró que estas reparaciones eran completamente adecuadas.

و او احساس می‌کرد که این غرامت‌ها کاملاً کافی هستند.

Antes del anochecer ya había empezado a vigilar la puerta.

قبل از غروب، او شروع به نگاه کردن به در کرد.

Él yacía en la oscuridad, invisible desde la sala de estar.

او در تاریکی دراز کشیده بود، طوری که از اتاق نشیمن دیده

نمی‌شد.

Pudo ver a toda la familia en la mesa iluminada.

او می‌توانست تمام خانواده را دور میز نورانی ببیند.

Ahora se le permitió escuchar sus conversaciones.

حالا به او اجازه داده شده بود که به مکالمات آنها گوش دهد.

Esto fue bastante diferente a su arreglo anterior.

این با قرار قبلی آنها کاملاً متفاوت بود.

Las animadas conversaciones de tiempos pasados habían terminado.

گفتگوهای پرشور و نشاطِ گذشته به پایان رسیده بود.

Éstas eran las conversaciones que tanto anhelaba.

اینها مکالماتی بودند که او زمانی آرزویشان را داشت.

Cuando dormía solo en pequeñas habitaciones de hotel.

وقتی که تنها در اتاق‌های کوچک هتل می‌خوابید.

Cuando tuvo que arrojarse entre las sábanas húmedas.

وقتی مجبور شد خودش را توی ملافه‌های نمناک پرت کند.

Pero ahora las tardes eran en su mayoría tranquilas y sin acontecimientos.

اما عصرها حالا بیشتر ساکت و بی‌حادثه بودند.

El padre se quedó dormido en su sillón después de cenar.

پدر بعد از شام روی صندلی راحتی‌اش خوابش برد.

Y la madre y la hermana se animaban mutuamente a guardar silencio.

و مادر و خواهر یکدیگر را به سکوت دعوت کردند.

La madre, inclinada hacia la luz, cosía lino.

مادر، که به نور خیلی تکیه داده بود، پارچه کتانی می‌دوخت.

Ahora ella hace vestidos para una de las tiendas de moda.

او الان برای یکی از فروشگاه‌های مد لباس می‌دوخت.

Al igual que Gregor, la hermana había conseguido un trabajo como vendedora.

خواهر، مانند گرگور، به عنوان فروشنده مشغول به کار شده بود.

Ella estaba aprendiendo taquigrafía y francés por las tardes.

او عصرها تندنویسی و فرانسه یاد می‌گرفت.

Para que más adelante pudiera tal vez conseguir un mejor puesto de trabajo.

تا شاید بعداً بتواند موقعیت شغلی بهتری پیدا کند.

A veces el padre se despertaba de sus siestas nocturnas.

گاهی پدر از چرت عصرگاهی‌اش بیدار می‌شد.

"¡Cariño, ya llevas un buen rato cosiendo hoy!"

»عزیزم، امروز خیلی وقته که داری خیاطی می‌کنی«!

Parecía haber olvidado que había estado durmiendo.

انگار یادش رفته بود که خواب بوده.

Pero inmediatamente volvió a caer en un sueño profundo.

اما بلافاصله دوباره به خواب عمیقی فرو رفت.

Y la madre y la hermana se sonrieron cansadamente.

و مادر و خواهر با خستگی به هم لبخند زدند.

El padre había desarrollado una extraña y nueva terquedad.

پدر دچار لجبازی عجیب و جدیدی شده بود.

Incluso en casa se negó a quitarse el uniforme de sirviente.

حتی در خانه هم حاضر نبود لباس خدمتکاری‌اش را دربیاورد.

Y su bata colgaba inútilmente en la percha.

و لباس خوابش بی‌فایده روی چوب‌لباسی آویزان بود.

Así pues, el padre dormía, completamente vestido, en su sillón.

بنابراین پدر، با لباس کامل، روی صندلی راحتی‌اش خوابید.

Era como si siempre estuviera dispuesto a prestar su servicio.

انگار همیشه آماده بود تا خدمتش را انجام دهد.

Como si estuviera esperando la voz de su superior.

انگار فقط منتظر صدای مافوقش بود.

Esto provocó que su uniforme perdiera su limpieza.

این باعث شد که لباس فرم او تمیزی خود را از دست بدهد.

Aunque el uniforme tampoco era nuevo cuando lo recibió.

اگرچه آن یونیفرم وقتی به دستش رسید هم نو نبود.

Y la madre hizo todo lo posible para cuidar el uniforme.

و مادر تمام تلاشش را می‌کرد تا از لباس فرم مراقبت کند.

Gregor pasaba tardes enteras mirando este uniforme.

گرگور تمام عصرها را صرف تماشای این یونیفرم می‌کرد.

Observó cómo el anciano dormía de manera muy incómoda.

او پیرمرد را تماشا می‌کرد که با ناراحتی هرچه تمام‌تر خوابیده بود.

Pero mientras dormía también notó algo pacífico.

اما در خوابش متوجه چیزی آرامش‌بخش نیز شد.

Cuando el reloj dio las diez la madre intentó despertarlo.

وقتی ساعت ده نواخت، مادر سعی کرد او را بیدار کند.

Ella habló en voz baja y lo convenció de ir a la cama.

او آرام صحبت کرد و او را متقاعد کرد که به رختخواب برود.

Porque dormir en el sillón no era dormir de verdad.

چون خوابیدن روی مبل راحتی خواب واقعی نبود.

Iba a tener que empezar a trabajar a las seis en punto.

قرار بود ساعت شش کارش را شروع کند.

Así que realmente necesitaba dormir lo mejor posible.

بنابراین او واقعاً به بهترین خواب ممکن نیاز داشت.

Pero una nueva forma de terquedad se apoderó de él.

اما او گرفتار نوع جدیدی از لجاجت شده بود.

**Convertirse en sirviente había comenzado a tener ese efecto
en él.**

خدمتکار شدن کم کم این تأثیر را روی او گذاشته بود.

Así que siempre insistía en quedarse más tiempo en la mesa.

بنابراین او همیشه اصرار داشت که بیشتر سر میز بماند.

**Aunque con regularidad volvía a quedarse dormido en su
silla.**

اگرچه او مرتباً دوباره روی صندلی‌اش خوابش می‌برد.

Y sólo con la mayor dificultad pudo ser movido.

و او را فقط با بیشترین سختی می‌شد جابجا کرد.

Tuvieron que decirle que la cama sería mejor para él.

باید به او گفته می‌شد که تخت برایش بهتر خواهد بود.

Madre y hermana tuvieron que insistir con pequeñas advertencias.

مادر و خواهر مجبور بودند با هشدارهای کوچک اصرار کنند.

Durante quince minutos se limitó a menear lentamente la cabeza.

پانزده دقیقه فقط سرش را به آرامی تکان داد.

Y mantuvo los ojos cerrados y se negó a levantarse.

و چشمانش را بسته نگه داشت و از بلند شدن امتناع ورزید.

La madre tiró de su manga, suavemente, pero con firmeza.

مادر آستین او را کشید، آرام، اما محکم.

Y ella susurró palabras halagadoras en sus oídos cansados.

و او کلمات چاپلوسی را در گوش‌های خسته‌اش زمزمه کرد.

La hermana abandonó la tarea que tenía entre manos para ayudar a su madre.

خواهر وظیفه‌ای را که بر عهده داشت رها کرد تا به مادرش کمک کند.

Pero ninguno de sus esfuerzos funcionó con el padre.

اما هیچ یک از تلاش‌های آنها روی پدر مؤثر واقع نشد.

Se hundió aún más en su silla, preparado para dormir.

او بیشتر در صندلی‌اش فرو رفت و آماده‌ی خواب شد.

Y finalmente las mujeres lo agarraron por las axilas.

و بالاخره زن‌ها زیر بغلش را گرفتند.

Abrió los ojos y los miró alternativamente.

چشمانش را باز کرد و به نوبت به آنها نگاه کرد.

"¡Qué vida ésta!" se quejó al irse a dormir.

او در حالی که به رختخواب می‌رفت، شکایت کرد: «این چه زندگی‌ای است»!

"¿Es esta la paz que me ha sido dada en mi vejez?"

«آیا این همان آرامشی است که در پیری به من داده شده است؟»

Pero entonces, apoyándose en las dos mujeres, se levantó torpemente.

اما بعد، در حالی که به آن دو زن تکیه داده بود، با حالتی ناشیانه از جایش بلند شد.

Actuó como si llevara la carga más pesada.

طوری رفتار می‌کرد که انگار سنگین‌ترین بار را به دوش می‌کشد.

Dejó que las dos mujeres lo guiaran hasta el final de la habitación.

گذاشت آن دو زن او را به انتهای اتاق هدایت کنند.

Allí les deseó buenas noches y continuó su camino.

در آنجا به آنها شب بخیر گفت و به تنهایی به راهش ادامه داد.

Pero la madre rápidamente arrojó su kit de costura.

اما مادر با عجله وسایل خیاطی‌اش را زمین انداخت.

Y la hermana también dejó el bolígrafo y el bloc de notas.

و خواهر نیز خودکار و دفترچه یادداشت را زمین گذاشت.

Y corrieron detrás del padre para ayudarle aún más.

و آنها پشت سر پدر دویدند تا بیشتر به او کمک کنند.

¿Quién en esta familia sobrecargada de trabajo tenía tiempo para Gregor?

چه کسی در این خانواده‌ی پرمشغله برای گرگور وقت داشت؟

¿Quién podría haberle prestado más atención de la necesaria?

چه کسی می‌توانست بیش از حد لازم به او توجه کند؟

El presupuesto familiar se fue restringiendo cada vez más.

بودجه خانوار به طور فزاینده‌ای محدود شد.

Al final, para ahorrar dinero, tuvieron que despedir a la criada.

در نهایت، برای صرفه‌جویی در هزینه، مجبور شدند خدمتکار را اخراج کنند.

Fue reemplazada por una mujer de cabello blanco y huesos gruesos.

او با زنی درشت اندام و سفید مو جایگزین شد.

Pero esta mujer venía sólo por la mañana y por la tarde.

اما این زن فقط صبح‌ها و عصرها می‌آمد.

Y todo el trabajo más pesado y duro quedó guardado para ella.

و تمام سنگین‌ترین و سخت‌ترین کارها برای او ذخیره شد.

La madre se encargaba de todos los demás quehaceres.

تمام کارهای دیگر به عهده مادر بود.

Incluso ocurrió que se vendieron varias joyas familiares.

حتی اتفاق افتاده است که جواهرات مختلف خانوادگی فروخته شده است.

Joyas que las mujeres lucieron felizmente durante las celebraciones.

جواهراتی که زنان با خوشحالی در جشن‌ها می‌پوشیدند.

Gregor aprendió esto en una de las discusiones generales.

گرگور این را از یکی از بحث‌های عمومی فهمید.

La mayor queja, sin embargo, fue otra.

با این حال، بزرگ‌ترین شکایت چیز دیگری بود.

El apartamento era demasiado grande, pero no podían mudarse.

آپارتمان خیلی بزرگ بود، اما آنها نمی‌توانستند از آن نقل مکان کنند.

No había manera de que pudieran reubicar a Gregor.

هیچ راهی وجود نداشت که آنها بتوانند گرگور را جابجا کنند.

Pero Gregor se dio cuenta de que no era sólo una consideración.

اما گرگور متوجه شد که موضوع فقط ملاحظه و ملاحظه‌کاری نیست.

Algo más les impidió mudarse a otro lugar.

چیز دیگری مانع از نقل مکان آنها به جای دیگری شد.

Podría haber sido fácilmente transportado en una caja adecuada.

او به راحتی می‌توانست در یک جعبه مناسب حمل شود.

Sus sentimientos de completa desesperanza los frenaron.

احساس ناامیدی کامل آنها را عقب نگه داشته بود.

No querían admitir que la desgracia les había golpeado.

آنها نمی‌خواستند بپذیرند که بدبختی به آنها روی آورده است.

Lo que el mundo exige de los pobres, ellos lo cumplen.

آنچه دنیا از فقرا انتظار دارد، آنها برآورده کردند.

El padre le preparó el desayuno al pequeño empleado del banco.

پدر برای کارمند کوچک بانک صبحانه آورد.

La madre se sacrificó por la ropa de desconocidos.

مادر خودش را فدای لباس‌های شسته‌ی غریبه‌ها کرد.

La hermana corría de un lado a otro para atender los pedidos de los clientes.

خواهر برای گرفتن سفارش‌های مشتریان این‌طرف و آن‌طرف می‌دوید.

Pero ya no tenían fuerzas para hacer más.

اما آنها دیگر قدرت انجام هیچ کاری را نداشتند.

La herida en la espalda de Gregor comenzó a doler aún más.

زخم پشت گرگور دردش بیشتر شد.

Cada noche, la madre y la hermana llevaban al padre a la cama.

هر شب مادر و خواهر، پدر را به رختخواب می‌آوردند.

Dejaron su trabajo donde estaba y se sentaron juntos.

آنها کارشان را همانجا رها کردند و کنار هم نشستند.

Y se acercaron más y se sentaron mejilla contra mejilla.

و آنها به هم نزدیک‌تر شدند و گونه به گونه نشستند.

La madre señaló la habitación desde donde él observaba.

مادر به اتاقی که از آنجا نگاه می‌کرد اشاره کرد.

"¿Podrías cerrar la puerta?" le preguntó a la hermana.

از خواهر پرسید: «ممکن است در را ببندی؟»

Y entonces Gregor se quedó solo otra vez en la oscuridad.

و سپس گرگور دوباره در تاریکی تنها ماند.

Y en la habitación de al lado la mujer mezcló sus lágrimas.

و در اتاق کناری، زن اشک‌هایشان را در هم آمیخت.

O bien se quedaban sentados con los ojos secos,
simplemente mirando la mesa.

یا اینکه با چشمانی خشک، صرفاً به میز خیره شده بودند.

Gregor apenas durmió, ni de noche ni de día.

گرگور تقریباً هیچ‌وقت نمی‌خوابید، نه شب و نه روز.

A menudo pensaba en cómo podría ayudar a la familia.

او اغلب به این فکر می‌کرد که چگونه می‌تواند به خانواده کمک کند.

Pensó en ganar dinero nuevamente para ellos.

او به این فکر کرد که دوباره برای آنها پول دربیاورد.

Pensó en hacer lo que solía hacer por ellos.

او به این فکر کرد که کاری را که قبلاً برای آنها انجام می‌داد، انجام دهد.

En sus pensamientos regresó el representante autorizado.

در افکارش، نماینده‌ی مجاز برگشت.

Y esta vez el jefe también vino al apartamento.

و این بار رئیس هم به آپارتمان آمد.

Y los oficinistas y los aprendices también estaban allí.

و منشی‌ها و شاگردها هم آنجا بودند.

Incluso el lento empleado de la oficina vino a verlo.

حتی خدمتکار کند ذهن اداره هم به دیدنش آمد.

Había dos o tres amigos de otros negocios.

دو سه تا از دوستام از کسب و کارهای دیگه هم بودن.

Una de las camareras de un hotel de provincias.

یکی از خدمتکاران هتلی در شهرستان‌ها.

Un recuerdo querido y fugaz al que intentó aferrarse.

خاطره‌ای عزیز و زودگذر که سعی می‌کرد به آن بچسبد.

Una cajera de una sombrerería para quien tenía intenciones.

صندوقدار یک مغازه کلاه فروشی که برایش نیت خیر داشت.

Pero había sido un poco lento en ganar su aprobación.

اما او کمی کند عمل کرده بود و نتوانسته بود رضایت او را جلب کند.

Todos ellos aparecieron en sus pensamientos, mezclados con desconocidos.

همه آنها در افکارش ظاهر شدند، در حالی که با غریبه‌ها قاطی شده بودند.

Y otros no aparecieron, ya estaban olvidados.

و دیگران ظاهر نشدند؛ آنها از قبل فراموش شده بودند.

Pero no le ayudaron a él ni tampoco a la familia.

اما آنها نه به او کمکی کردند و نه به خانواده.

Eran inaccesibles y él se alegró cuando se fueron.

آنها غیرقابل دسترس بودند، و او از رفتنشان خوشحال شد.

No siempre estaba de humor para preocuparse por la familia.

او همیشه حال و حوصله نگران بودن برای خانواده را نداشت.

Y se llenó de rabia por la falta de atención.

و او از بی‌توجهی، لبریز از خشم شد.

Y no podía imaginar nada que le apeteciera.

و او نمی‌توانست چیزی را که اشتهایش را داشت، تصور کند.

Pero aún así hizo planes para entrar en la despensa.

اما او همچنان نقشه‌هایی برای ورود غیرقانونی به انباری می‌کشید.

Y él iba a tomar todo lo que se merecía.

و او قرار بود هر آنچه را که سزاوارش بود، بگیرد.

La hermana ya no hacía ningún esfuerzo especial por él.

خواهر دیگر هیچ تلاش خاصی برای او نکرد.

Ella ya no pasaba el tiempo pensando en complacerlo.

او دیگر وقتش را صرف فکر کردن به خشنود کردن او نمی‌کرد.

Antes de ir a trabajar, rápidamente metió algo de comida en la habitación.

قبل از کار، او به سرعت مقداری غذا را به داخل اتاق هل داد.

Y por la noche volvió a barrer rápidamente la comida.

و عصر دوباره سریع غذا را جارو کرد.

Ya no se daba cuenta de si había comido o no.

دیگر متوجه نشد که آیا او چیزی خورده بود یا نه.

En la actualidad, la mayoría de las veces la comida se dejaba intacta.

حالا اغلب اوقات غذا دست نخورده باقی می‌ماند.

Ella todavía barría rápidamente la habitación por la noche.

او هنوز هم عصرها به سرعت در اتاق قدم می‌زد.

Pero ahora hizo lo mínimo, lo más rápido posible.

اما حالا او حداقل کار ممکن را، با حداکثر سرعت ممکن انجام داد.

Quedaron vetas de suciedad corriendo por las paredes.

رگه‌هایی از خاک روی دیوارها باقی مانده بود.

Bolas de polvo y basura quedaron tiradas en el suelo.

گلوله‌هایی از خاک و زباله روی زمین پخش شده بود.

Gregor mostró su desaprobación por su falta de cuidado.

گرگور نارضایتی خود را از بی‌توجهی او نشان داد.

Se giró en un ángulo particularmente significativo.

او خودش را با زاویه خاصی چرخاند.

Pero podría haber permanecido en el puesto durante
semanas.

اما او می‌توانست هفته‌ها در این موقعیت بماند.

Su hermana no habría notado su insatisfacción.

خواهرش متوجه نارضایتی او نمی‌شد.

Ella veía la suciedad tan bien como él, o incluso mejor.

او هم به خوبی او، اگر نگوییم بهتر، خاک را می‌دید.

Pero ella había decidido dejar la tierra donde estaba.

اما او تصمیم گرفته بود خاک را همانجا که بود، بگذارد.

En ese momento adoptó una sensibilidad completamente
nueva.

در آن زمان او حساسیت کاملاً جدیدی را اتخاذ کرد.

Ella había hecho de la limpieza de la habitación de Gregor
su responsabilidad.

او تمیز کردن اتاق گرگور را به عنوان مسئولیت خود پذیرفته بود.

La familia se sintió conmovida por su amable consideración.

خانواده تحت تأثیر مهربانی و توجه او قرار گرفتند.

Una vez, la madre le había dado a su habitación una
limpieza a fondo.

یک بار، مادر اتاقش را حسابی تمیز کرده بود.

Sólo después de utilizar unos cuantos baldes de agua lo
consiguió.

تنها پس از استفاده از چند سطل آب، او موفق شد.

Sin embargo, la nueva humedad en la habitación perjudicó a
Gregor.

با این حال، رطوبت جدید اتاق به گرگور آسیب رساند.

Y él yacía ancho, amargado e inmóvil en el sofá.

و او با حالتی گرفته، تلخ و بی‌حرکت روی مبل دراز کشیده بود.

Pero ese fue sólo su primer castigo por ayudar.

اما این تنها اولین مجازات او برای کمک کردن بود.

La hermana notó rápidamente el cambio en la habitación de
Gregor.

خواهر به سرعت متوجه تغییر در اتاق گرگور شد.

Y ella corrió a la sala, extremadamente insultada.

و او در حالی که به شدت مورد توهین قرار گرفته بود، به سمت
اتاق نشیمن دوید.

Su madre levantó las manos y trató de implorarle.

مادرش دستانش را بالا برد و سعی کرد از او التماس کند.

Pero a pesar de una explicación sincera, ella rompió a llorar.

اما با وجود توضیح صادقانه، او زد زیر گریه.

El padre, por supuesto, se sobresaltó y se levantó de la silla.

پدر مسلماً از روی صندلی‌اش بلند شد.

Y los dos padres miraban asombrados e impotentes.

و دو پدر و مادر، مبهوت و درمانده، نگاه می‌کردند.

Y con el tiempo sus emociones también se agitaron.

و در نهایت احساسات آنها نیز برانگیخته شد.

El padre reprochó a la madre lo que había hecho.

پدر، مادر را به خاطر کاری که کرده بود سرزنش کرد.

"Deberías haber dejado la habitación para que Grete la limpiara."

«باید اتاق را برای تمیز کردن به گرت می‌دادی».

Grete le gritó a la madre por limpiar su habitación.

گرت به خاطر تمیز کردن اتاقش سر مادر فریاد زد.

"¡Nunca más podrás limpiar su habitación!"

«دیگه هیچ‌وقت اجازه نداری اتاقش رو تمیز کنی»!

La madre intentó arrastrar al padre al dormitorio.

مادر سعی کرد پدر را به اتاق خواب بکشد.

La hermana se quedó en la habitación, temblando y sollozando.

خواهر در اتاق رها شده بود، در حالی که می‌لرزید و هق‌هق می‌کرد.

Y golpeó la mesa con sus pequeños puños.

و با مشت‌های کوچکش روی میز کوبید.

Y Gregor, enojado, siseó fuertemente contra todos ellos.

و گرگور با خشم و عصبانیت به همه آنها با صدای بلند هیس کشید.

¿Por qué a nadie se le ocurrió cerrarle la puerta?

چرا هیچ‌کس به فکر بستن در به روی او نیفتاده بود؟

Podrían haberle ahorrado esta vista y este ruido.

آنها می‌توانستند او را از این منظره و سر و صدا نجات دهند.

La hermana estaba agotada después de llegar a casa del trabajo.

خواهر بعد از برگشتن از سر کار، خیلی خسته بود.

Y cuidar a Gregor era aún más trabajo para ella.

و مراقبت از گرگور برای او حتی کار بیشتری بود.

Pero eso no significaba que la madre debía haberlo hecho.

اما این به آن معنا نبود که مادر باید این کار را انجام می‌داد.

A Gregor, por el contrario, no hay que descuidarlo.

از طرف دیگر، گرگور را نباید نادیده گرفت.

Pero ahora tenían una nueva criada que podía hacer esas cosas.

اما حالا آنها یک خدمتکار جدید داشتند که می‌توانست چنین کارهایی را انجام دهد.

Una viuda anciana que tenía una estructura ósea robusta.

بیوه ای مسن که استخوان بندی محکمی داشت.

Una estatura que la ayudó a sobrevivir a su difícil vida.

قامتی که به او کمک کرد تا از زندگی دشوارش جان سالم به در ببرد.

Ella no sentía ninguna aversión real hacia la apariencia de Gregor.

او هیچ نفرت واقعی نسبت به ظاهر گرگور نداشت.

Ella había abierto accidentalmente la puerta de la habitación de Gregor.

او تصادفاً در اتاق گرگور را باز کرده بود.

No fue por ninguna curiosidad particular sobre la habitación.

این از روی کنجکاوی خاصی در مورد اتاق نبود.

Ella simplemente estaba haciendo su trabajo y por casualidad abrió la puerta.

او فقط داشت کارش را انجام می‌داد و اتفاقاً در را باز کرد.

Gregor, por supuesto, quedó completamente sorprendido por ella.

البته گرگور کاملاً از او شگفت‌زده شد.

No lo perseguían, sino que corría de un lado a otro.

او تحت تعقیب نبود، اما مدام به این سو و آن سو می‌دوید.

Y ella simplemente cruzó sus brazos y lo observó gatear.

و او فقط دست‌هایش را در هم گره کرد و خزیدن او را تماشا کرد.

Desde entonces ella siempre le abría un poquito la puerta.

از آن زمان، او همیشه کمی در را برایش باز می‌کرد.

Una mañana ella entró para ver cómo estaba.

یک بار صبح به خانه سر زد تا ببیند حالش چطور است.

Y por la tarde ella fue a ver cómo estaba antes de irse.

و عصر، قبل از رفتن، به او سر زد.

Al principio ella también intentó llamarlo para que viniera con ella.

در ابتدا او همچنین سعی کرد او را صدا کند تا پیش او بیاید.

"¡Ven aquí, viejo escarabajo pelotero!", solía decir.

او همیشه می‌گفت: «بیا اینجا، سوسک سرگین‌غلتان پیر»!

O ella dijo, "¡mira ese viejo escarabajo pelotero!", amigablemente.

یا اینکه با لحنی دوستانه گفت: «به این سوسک سرگین‌غلتان پیر نگاه کن»!

Gregor nunca reaccionó cuando le hablaron de esa manera.

گرگور هیچ‌وقت به این طرز حرف زدن واکنش نشان نداد.

Él permaneció allí, sin moverse, y la ignoró.

او همانجا ماند، بدون اینکه تکان بخورد، و او را نادیده گرفت.

"Si le hubieran dicho cómo hacer correctamente su trabajo."

«کاش به او گفته می‌شد که چگونه کارش را به درستی انجام دهد».

"En lugar de molestarme debería limpiar mi habitación."

»به جای اینکه مزاحم من شود، باید اتاقم را تمیز کند.«

Una mañana temprano una fuerte lluvia golpeó las ventanas.

یک بار صبح زود، باران شدیدی به شیشه‌ها خورد.

Quizás la lluvia ya era una señal de la llegada de la primavera.

شاید باران از قبل نشانه‌ی بهارِ پیش رو بود.

La criada comenzó a hablarle de esa manera una vez más.

خدمتکار دوباره شروع کرد به همان شیوه با او صحبت کند.

Gregor estaba tan amargado que se giró para mirarla.

گرگور چنان تلخکام شد که رو به او کرد.

Era lento y débil, pero fue una especie de ataque.

او کند و ناتوان بود، اما این نوعی حمله بود.

La criada, sin embargo, no tenía ningún miedo de Gregor.

با این حال، خدمتکار اصلاً از گرگور نمی‌ترسید.

En lugar de eso, levantó una silla que estaba cerca de la puerta.

در عوض، صندلی‌ای را که نزدیک در بود، بلند کرد.

Y ella permaneció allí, tranquilamente, con la boca abierta.

و او آنجا ایستاده بود، آرام، با دهانی کاملاً باز.

Sus intenciones eran claras, incluso Gregor podía verlo.

نیت او واضح بود، حتی گرگور هم می‌توانست این را ببیند.

Y se giró, lentamente, a su posición original.

و او به آرامی به موقعیت اولیه‌اش برگشت.

—Entonces no quieres acercarte más, ¿verdad?

»پس دیگه نمی‌خوای نزدیک‌تر بیای، نه؟«

Y silenciosamente volvió a poner la silla en la esquina.

و او آرام صندلی را به گوشه برگرداند.

Gregor ya casi no comía nada.

گرگور دیگر تقریباً هیچ چیزی نمی‌خورد.

A veces, mientras caminaba por la habitación, se detenía.

گاهی، هنگام قدم زدن در اتاق، می‌ایستاد.

Y se encontró junto a la comida preparada para él.

و خود را در کنار غذایی که برایش آماده شده بود، یافت.

Se llevó la comida a la boca, pero sólo para jugar con ella.

او غذا را در دهانش گذاشت، اما فقط برای بازی کردن با آن.

Y muy a menudo lo escupía de nuevo al cabo de unas horas.

و اغلب بعد از چند ساعت دوباره آن را تف می‌کرد.

Trató de encontrar una razón para su falta de apetito.

سعی کرد دلیلی برای بی‌اشتهایی‌اش پیدا کند.

Quizás porque estaba triste por el estado de su habitación.

شاید به این دلیل که از وضعیت اتاقش ناراحت بود.

Pero ya se había adaptado a los cambios que se producían en
la habitación.

اما او با تغییرات اتاق کنار آمده بود.

Recientemente su habitación se había convertido en una
especie de almacén.

اخیراً اتاقش تبدیل به نوعی انباری شده بود.

Se habían acostumbrado a dejar las cosas allí.

آنها عادت کرده بودند که چیزها را آنجا بگذارند.

Y ahora quedaban muchas cosas así en su habitación.

و حالا چیزهای زیادی از این دست در اتاقش باقی مانده بود.

Porque una habitación del apartamento estaba alquilada.

چون یک اتاق از آپارتمان اجاره داده شده بود.

Tres caballeros serios alquilaban la habitación juntos.

سه آقای محترم و جدی با هم آن اتاق را اجاره کرده بودند.

Gregor los vio una vez a través de una rendija en la puerta.

گرگور یک بار از لای در متوجه آنها شد.

Llevaban barbas pobladas y estaban vestidos meticulosamente.

آنها ریش‌های بلندی داشتند و لباس‌هایشان کاملاً مرتب بود.

Eran escrupulosos en mantener todo ordenado.

آنها در مرتب نگه داشتن همه چیز وسواس داشتند.

Su insistencia en el orden no se limitaba a su habitación.

اصرار آنها بر مرتب بودن به اتاقشان ختم نشد.

Todo el apartamento tenía que mantenerse perfectamente limpio.

کل آپارتمان باید کاملاً تمیز نگه داشته می‌شد.

Eran aún más exigentes con el aspecto de la cocina.

آنها حتی بیشتر در مورد ظاهر آشپزخانه ایرادگیر بودند.

Y no podían tolerar ningún desorden innecesario.

و آنها نمی‌توانستند هیچ بی‌نظمی و شلوغی غیرضروری را تحمل کنند.

También habían traído consigo sus propios muebles.

آنها اثاثیه خودشان را هم آورده بودند.

Por esta razón muchas cosas se habían vuelto superfluas.

به همین دلیل، خیلی چیزها غیرضروری شده بودند.

Eran cosas por las que nadie pagaría dinero.

چیزهایی بودند که هیچ‌کس حاضر نبود برایشان پولی بپردازد.

Pero la familia tampoco quería deshacerse de estas cosas.

اما خانواده هم نمی‌خواستند این چیزها را دور بریزند.

Todas estas cosas fueron a parar a la habitación de Gregor.

همه این چیزها جایی به اتاق گرگور راه پیدا کردند.

El cajón de cenizas de la cocina ahora estaba guardado en su habitación.

جعبه خاکستر آشپزخانه حالا در اتاقش نگهداری می‌شد.

Y la basura se guardaba en su habitación hasta el día de la basura.

و زباله‌ها تا روز زباله در اتاقش نگهداری می‌شدند.

La criada arrojó todo lo que no necesitaba en su habitación.

خدمتکار هر چیزی را که لازم نداشت به داخل اتاق او پرت کرد.

Afortunadamente no vio más que la mano y el objeto.

خوشبختانه او چیزی بیش از دست و شیء ندید.

Probablemente tenía la intención de volver a buscar las cosas más tarde.

احتمالاً منظورش این بود که بعداً برای برداشتن وسایل برگردد.

O tal vez quería tirarlo todo de una vez.

یا شاید دلش می‌خواست همه چیز را یکجا دور بریزد.

Sin embargo, todo permaneció donde había quedado al principio.

با این حال، همه چیز در همان جایی که برای اولین بار فرود آمده بود، باقی ماند.

A menos que Gregor moviera la basura moviéndose a través de ella.

مگر اینکه گرگور با لولیدن از میان آشغال‌ها، آنها را جابجا کرده باشد.

Al principio se vio obligado a arrastrarse entre toda la basura.

اولش مجبور شد سینه خیز از میان همه خرت و پرت ها عبور کند.

No tenía posibilidad de evitarlo.

هیچ امکانی برای اجتناب از این کار برایش وجود نداشت.

Pero más tarde realmente encontró placer en esta actividad.

اما بعداً او واقعاً از این فعالیت لذت برد.

Aunque tal esfuerzo lo dejó triste y profundamente cansado.

اگرچه چنین تلاشی او را غمگین و عمیقاً خسته کرد.

Y después no pudo moverse durante muchas horas.

و بعد از آن او برای ساعت‌های زیادی قادر به حرکت نبود.

Los inquilinos a veces comían en la sala de estar.

گاهی اوقات مستاجران غذای خود را در اتاق نشیمن می‌خوردند.

La puerta del salón permanecía cerrada esas noches.

درِ اتاق نشیمن آن شب‌ها بسته می‌ماند.

Pero a Gregor no le resultó difícil no abrir la puerta.

اما گرگور حالا دیگر مشکلی نداشت که در را باز نکند.

Incluso cuando la puerta estaba abierta, no siempre miraba
hacia afuera.

حتی وقتی در باز بود، همیشه بیرون را نگاه نمی‌کرد.

Pero él se acostó en el rincón más oscuro de la habitación.

اما او خودش را در تاریک‌ترین گوشه اتاق دراز کشید.

La familia tampoco notó su falta de atención.

خانواده هم متوجه کم توجهی او نشدند.

Pero hubo una vez que la criada dejó la puerta abierta.

اما یک بار خدمتکار در را باز گذاشت.

La puerta permaneció abierta incluso cuando los inquilinos
regresaron.

حتی وقتی مستاجرها برگشتند، در باز ماند.

Y la puerta estaba abierta cuando se encendió la luz.

و وقتی چراغ روشن شد، در باز بود.

El hombre se sentó a la mesa donde la familia cenaba.

مرد پشت میزی که خانواده روی آن شام می‌خوردند، نشست.

Allí se sentaron en el pasado el padre, la madre y Gregor.

پدر، مادر و گرگور در گذشته‌های دور آنجا نشسته بودند.

Desplegaron las servilletas y cogieron cuchillos y tenedores.

آنها دستمال سفره‌ها را باز کردند و چاقوها و چنگال‌ها را برداشتند.

La madre apareció en la puerta con un plato de carne.

مادر با یک کاسه گوشت در چارچوب در ظاهر شد.

Entonces la hermana entró con un cuenco lleno de patatas.

سپس خواهر با یک کاسه پر از سیب زمینی وارد شد.

Los inquilinos se inclinaron sobre los cuencos colocados
delante de ellos.

مستاجران روی کاسه‌هایی که جلویشان گذاشته شده بود خم
شدند.

El humo denso de la comida les llegaba hasta la nariz.

دود غلیظ غذا تا دماغشان بالا رفته بود.

Pero aún no habían decidido si comerían la comida.

اما آنها هنوز تصمیم نگرفته بودند که آیا غذا را بخورند یا نه.

Quizás enviarían la comida de vuelta a la cocina.

شاید غذا را به آشپزخانه برمی‌گرداندند.

El hombre sentado en el medio parecía ser la autoridad.

مردی که در وسط نشسته بود، به نظر می‌رسید صاحب اختیار
باشد.

Cortó la carne para determinar si estaba lo suficientemente
tierna.

او گوشت را برش داد تا ببیند آیا به اندازه کافی نرم شده است یا
خیر.

Estaba satisfecho con el olor y el aspecto de la comida.

او از بو و ظاهر غذا راضی بود.

La madre y la hermana los observaban ansiosamente.

مادر و خواهر با نگرانی آنها را تماشا می‌کردند.

Y empezaron a sonreír con un suspiro de alivio.

و آنها با آهی از سر آسودگی خاطر شروع به لبخند زدن کردند.

La propia familia iba a comer en la cocina.

قرار بود خود خانواده در آشپزخانه غذا بخورند.

Pero primero el padre fue a ver cómo estaban los inquilinos.

اما اول پدر رفت تا از حال مستاجران باخبر شود.

Hizo una reverencia, sosteniendo en su mano su gorra de trabajo.

او یک بار تعظیم کرد و کلاه کارش را در دست گرفت.

Y caminó en círculo alrededor de la mesa, hacia cada invitado.

و او دایره‌ای دور میز، به سمت هر مهمان، راه رفت.

Todos los inquilinos se pusieron de pie y murmuraron algo entre dientes.

همه مستاجران بلند شدند و زیر لب غرغر کردند.

Después de que él se fue, comieron en un silencio casi absoluto.

بعد از رفتن او، آنها تقریباً در سکوت کامل غذا خوردند.

A Gregor le pareció extraño que pudiera oír la masticación.

برای گرگور عجیب به نظر می‌رسید که می‌توانست صدای جویدن را بشنود.

Ningún otro aspecto de la alimentación parecía emitir ningún sonido.

هیچ جنبه‌ی دیگری از غذا خوردن به نظر بی‌معنی می‌آمد.

Pero podía oír claramente el rechinar de los dientes.

اما او به وضوح صدای ساییدن دندان‌ها به هم را می‌شنید.

Parecían decirle que necesitaba dientes para comer.

انگار داشتند به او می‌گفتند که برای غذا خوردن به دندان نیاز دارد.

"No puedes hacer nada si tus mandíbulas no tienen dientes".

»اگر فک‌هایت بی‌دندان باشند، هیچ کاری نمی‌توانی بکنی«.

"Me gustaría comer algo", dijo Gregor ansiosamente.

گرگور با نگرانی گفت: »دلم می‌خواهد چیزی بخورم«.

"Pero no tengo apetito para lo que están comiendo".

»اما من هیچ اشتهایی به چیزهایی که شما می‌خورید ندارم«.

"Mira cómo comen estos huéspedes y yo aquí muriéndome
de hambre".

»ببین این مستاجرها دارن غذا می‌خورن، من از اینجام که دارم از

گرسنگی می‌میرم«.

Aquella noche Gregor pensó por casualidad en el violín.

گرگور آن شب اتفاقاً به ویولن فکر کرد.

No había oído el violín desde la transformación.

از زمان دگرگونی، صدای ویولن را نشنیده بود.

Pero entonces, esta noche, se oyó un ruido desde la cocina.

اما امشب، صدایی از آشپزخانه آمد.

Los caballeros ya habían terminado su cena.

آقایان قبلاً شام خود را تمام کرده بودند.

El caballero del medio había comenzado a leer un periódico.

آقای وسطی شروع به خواندن روزنامه کرده بود.

Les había dado a los otros dos caballeros una hoja a cada
uno.

به دو آقای دیگر هر کدام یک ورق داده بود.

Y ahora estaban recostados, leyendo y fumando.

و حالا آنها به پشتی تکیه داده بودند و مطالعه می‌کردند و سیگار می‌کشیدند.

Cuando el violín empezó a sonar, se pusieron atentos.

وقتی ویولن شروع به نواختن کرد، آنها توجهشان جلب شد.

Se levantaron y caminaron de puntillas hacia la puerta de la antesala.

آنها بلند شدند و روی نوک پا به سمت درِ اتاق انتظار رفتند.

Allí estaban, acurrucados juntos, escuchando desde la puerta.

آنها اینجا کنار هم ایستاده بودند و به در گوش می‌دادند.

La familia debió haber escuchado a los hombres desde la cocina.

خانواده حتماً صدای مردها را از آشپزخانه شنیده بودند.

Porque el padre los llamó y les preguntó;

زیرا پدر آنها را صدا زد و از آنها پرسید؛

¿Acaso el violín resulta incómodo para los caballeros?

»شاید ویولن برای آقایان ناراحت کننده نباشد؟«

"Si no te gusta la música podemos parar inmediatamente."

»اگر از موسیقی خوشت نیامد، می‌توانیم فوراً آن را متوقف کنیم«.

"Al contrario", dijo el centro de los caballeros.

وسطی آقایان گفت: »برعکس.«

"¿Le gustaría a la señorita tocar el violín en nuestra habitación?"

»آیا خانم جوان مایل است در اتاق ما ویولن بنوازد؟«

"Definitivamente es mucho más cómodo y acogedor aquí".

»اینجا قطعاً خیلی راحت‌تر و دنج‌تره«.

El padre respondió como si fuera el propio violinista.

پدر طوری جواب داد که انگار خودش نوازنده‌ی ویولن است.

"Oh, por favor, eso sería maravilloso", exclamó el padre.

پدر فریاد زد: «خواهش می‌کنم، خیلی عالی می‌شود».

Los caballeros regresaron a la sala de estar y esperaron.

آقایان به اتاق نشیمن برگشتند و منتظر ماندند.

Pronto el padre entró en la habitación con el atril.

خیلی زود پدر با پایه نت موسیقی وارد اتاق شد.

La madre entró en la habitación con el libro de música.

مادر با کتاب موسیقی وارد اتاق شد.

Y la hermana entró en la habitación con el violín.

و خواهر با ویولن وارد اتاق شد.

Ella preparó todo con calma para tocar el violín.

او با آرامش همه چیز را برای نواختن ویولن آماده کرد.

Los padres exageraron su cortesía y modales.

والدین در ادب و رفتار خود اغراق می‌کردند.

Nunca antes habían alquilado habitaciones a huéspedes.

آنها قبلاً هرگز به مسافران اتاق اجاره نداده بودند.

Y ni siquiera se atrevieron a sentarse en sus propias sillas.

و حتی جرات نداشتند روی صندلی خودشان بنشینند.

En lugar de sentarse, el padre se apoyó contra la puerta.

پدر به جای نشستن، به در تکیه داده بود.

Su mano derecha estaba entre dos botones de su abrigo.

دست راستش بین دو دکمه‌ی کتش بود.

Sin embargo, un caballero le ofreció una silla a la madre.

با این حال، یک آقا به مادر صندلی تعارف کرد.

Pero ella se sentó donde el caballero había colocado la silla.

اما او جایی که آقا صندلی را گذاشته بود، نشست.

Y no había colocado la silla en ningún lugar determinado.

و او صندلی را جای خاصی قرار نداده بود.

Así que la madre se sentó apartada de todos, en un rincón.

بنابراین مادر جدا از همه، در گوشه‌ای نشست.

Y finalmente la hermana empezó a tocar el violín.

و بالاخره خواهر شروع به نواختن ویولن کرد.

Los padres, en lados opuestos, prestaron mucha atención.

والدین، در دو طرف، توجه زیادی نشان دادند.

Y observaban atentamente cada movimiento de su mano.

و آنها با دقت هر حرکت دست او را زیر نظر داشتند.

Gregor también se sentía atraído por la interpretación del violín.

گرگور همچنین جذب نواختن ویولن شد.

Y se aventuró a salir de su habitación un poco más lejos.

و کمی جلوتر از اتاقش بیرون رفت.

Él ya estaba con la cabeza dentro de la sala.

او از قبل سرش را داخل اتاق نشیمن برده بود.

Solía enorgullecerse de ser muy considerado.

او قبلاً به خاطر اینکه بسیار باملاحظه بود، به خود می‌بالید.

Pero últimamente casi no cuestiona su falta de cuidado.

اما اخیراً او به سختی بی‌توجهی خود را زیر سوال برد.

Aunque ahora tenía más motivos para esconderse que antes.

با اینکه حالا دلایل بیشتری برای پنهان شدن نسبت به قبل داشت.

Porque su habitación estaba cubierta de polvo y suciedad diversa.

زیرا اتاقش پوشیده از گرد و غبار و کثیفی‌های مختلف بود.

El más leve movimiento levantaba todo tipo de suciedad.

کوچکترین حرکتی انواع و اقسام کثافت را به هوا بلند می‌کرد.

Toda esa suciedad se le pegó: polvo, pelo, restos de comida.

تمام این کثیفی‌ها به او چسبیده بودند؛ گرد و غبار، مو، بقایای غذا.

Podría haber frotado la suciedad contra la alfombra.

می‌توانست خاک را از روی فرش پاک کند.

Esto era algo que solía hacer varias veces al día.

این کاری بود که او روزانه چندین بار انجام می‌داد.

Pero su indiferencia hacia todo era demasiado grande.

اما بی‌تفاوتی او نسبت به همه چیز بیش از حد زیاد بود.

Así que no tuvo miedo de avanzar un poco más.

بنابراین او از اینکه کمی بیشتر به جلو حرکت کند، نترسید.

Y se trasladó al inmaculado suelo de la sala de estar.

و به سمت کفِ بی‌عیب و نقصِ اتاق نشیمن حرکت کرد.

Sin embargo, nadie se dio cuenta ni le prestó atención.

با این حال، هیچ کس متوجه او نشد و به او توجهی نکرد.

La familia estaba completamente absorta en el concierto.

خانواده کاملاً مجذوب کنسرت شده بودند.

Los caballeros, por el contrario, inicialmente se retiraron.

از طرف دیگر، آقایان در ابتدا عقب‌نشینی کردند.

Y se quedaron cerca, detrás del atril de la hermana.

و آنها درست پشت پایه موسیقی خواهر ایستادند.

Si hubieran mirado habrían podido ver las notas musicales.

اگر نگاه می‌کردند، می‌توانستند نت‌های موسیقی را ببینند.

Esto, por supuesto, habría perturbado a la hermana.

البته این موضوع خواهر را ناراحت می‌کرد.

Luego se quedaron de pie junto a la ventana, en lugar de sentarse.

سپس آنها به جای نشستن، کنار پنجره ایستادند.

Con las manos en los bolsillos seguían hablando.

دست در جیب، همچنان مشغول صحبت بودند.

Permanecieron allí mientras el padre observaba ansiosamente.

آنها آنجا ماندند در حالی که پدر با نگرانی تماشا می‌کرد.

Uno tenía la impresión de que tenían otras expectativas.

آدم این برداشت را داشت که آنها انتظارات دیگری دارند.

Y realmente parecía como si se hubieran decepcionado.

و واقعاً به نظر می‌رسید که آنها ناامید شده بودند.

Parecía que ya estaban hartos de la actuación.

به نظر می‌رسید که از اجرا به اندازه کافی لذت برده بودند.

Habían permitido que el violín perturbara su paz.

آنها اجازه داده بودند که ویولن آرامششان را به هم بزند.

Y sólo toleraban la música por cortesía.

و آنها فقط از روی ادب موسیقی را تحمل می‌کردند.

Lo que más me desconcertó fue cómo expulsaron el humo.

نحوه‌ی بیرون دادن دود به طور ویژه‌ای نگران‌کننده بود.

Y aún así, tocaba el violín maravillosamente.

و با این حال او داشت ویولن را به زیبایی می‌نواخت.

Su rostro estaba inclinado suavemente hacia un lado, sobre el violín.

صورتش به آرامی به یک طرف خم شده بود، روی ویولن.

Sus ojos buscaban con tristeza las líneas musicales.

چشمانش با غم و اندوه در امتداد خطوط موسیقی جستجو می‌کردند.

Gregor se sintió atraído un poco más hacia la sala de estar.

گرگور احساس کرد که کمی بیشتر به سمت اتاق نشیمن کشیده می‌شود.

Mantuvo la cabeza cerca del suelo, pero miró hacia arriba.

سرش را نزدیک زمین نگه داشته بود، اما نگاهش به بالا بود.

Tal vez de esta manera la mirada de su hermana podría encontrarse con la suya.

شاید از این طریق نگاه خواهرش با او تلاقی کند.

¿Puede realmente decirse que era sólo un animal?

آیا واقعاً می‌توان گفت که او فقط یک حیوان بود؟

¿Era un animal si la música podía cautivarlo tanto?

آیا اگر موسیقی می‌توانست او را تا این حد مجذوب خود کند، او یک حیوان بود؟

Sintió como si le mostraran un camino hacia una alimentación desconocida.

احساس می‌کرد راهی به سوی تغذیه‌ای ناشناخته به او نشان داده شده است.

Quizás éste era el sustento que le faltaba.

شاید این همان رزقی بود که او از دست داده بود.

Estaba decidido a dirigirse hacia su hermana.

او مصمم بود که راه خود را به سمت خواهرش ادامه دهد.

Quería tirar de su falda para llamar su atención.

دلش می‌خواست دامنش را بکشد تا توجهش را جلب کند.

Quería darle una indicación de una invitación.

او می‌خواست به او نشانه‌ای از دعوت بدهد.

"Ven a tocar el violín en mi habitación", quiso decir.

می‌خواست بگوید: «بیا تو اتاق من ویولن بزن».

Él quería que ella fuera recompensada por su hermosa música.

او می‌خواست که به خاطر موسیقی زیبایش به او پاداش داده شود.

"Aquí nadie te recompensa por tocar el violín".

«اینجا کسی به خاطر نواختن ویولن به تو پاداش نمی‌دهد».

Él ya no quería dejarla salir de su habitación.

دیگر دلش نمی‌خواست او را از اتاقش بیرون بگذارد.

Él quería que ella permaneciera con él mientras viviera.

او می‌خواست تا زمانی که زنده است، او در کنارش بماند.

Por primera vez su transformación tuvo un beneficio.

برای اولین بار، دگرگونی او فایده‌ای داشت.

Su deformidad finalmente iba a serle útil.

نقص عضوش بالاخره داشت برایش مفید واقع می‌شد.

Quería estar en las cuatro puertas simultáneamente.

او می‌خواست همزمان جلوی هر چهار در باشد.

Quería silbarles y escupirles desde todos los ángulos.

دلش می‌خواست هیس بکشد و از هر زاویه‌ای به سمتشان تف بیندازد.

Su hermana no debería verse obligada a quedarse con él.

خواهرش نباید مجبور به ماندن با او شود.

Él quería que ella eligiera quedarse con él voluntariamente.

او می‌خواست که او داوطلبانه تصمیم بگیرد که با او بماند.

Ella iba a sentarse a su lado e inclinarse hacia él.

قرار بود کنارش بنشیند و به سمتش خم شود.

Y le iba a contar sobre la escuela de música.

و قرار بود درباره مدرسه موسیقی برایش بگوید.

Tenía la firme intención de enviarla a la academia.

او قصد راسخ داشت که او را به آکادمی بفرستد.

Se lo habría contado a todo el mundo la pasada Navidad.

او کریسمس گذشته این را به همه می‌گفت.

¿Ya había llegado y pasado realmente la Navidad?

آیا واقعاً کریسمس آمده و دوباره رفته بود؟

Y no habría dejado que nadie le disuadiera de ello.

و به هیچ کس اجازه نمی‌داد او را از این کار منصرف کند.

Pero entonces el desafortunado accidente lo detuvo todo.

اما ناگهان آن حادثه ناگوار همه چیز را متوقف کرد.

La hermana se habría sentido abrumada por la emoción.

خواهر غرق در احساسات می‌شد.

Y entonces Gregor se habría subido hasta su hombro.

و آنوقت گرگور تا شانه‌اش بالا می‌رفت.

Y la habría consolado besándole el cuello.

و او با بوسیدن گردنش او را آرام می‌کرد.

—¡Señor Samsa! —gritó el hombre del medio al padre.

مردی که در وسط نشسته بود، پدر را صدا زد: «آقای سامسا»!

Señalaba con su dedo índice hacia Gregor.

او با انگشت اشاره‌اش به گرگور اشاره می‌کرد.

Gregor se movía lentamente por el suelo de la sala de estar.

گرگور به آرامی روی کف اتاق نشیمن راه می‌رفت.

El sonido del violín se silenció muy rápidamente.

صدای ویولن خیلی زود خاموش شد.

El del medio de los tres hombres sonrió a sus amigos.

مرد وسطی از بین سه مرد به دوستانش لبخند زد.

Luego meneó la cabeza y volvió a mirar a Gregor.

سپس سرش را تکان داد و دوباره به گرگور نگاه کرد.

El padre podría haber obligado a Gregor a regresar a su
habitación.

پدر می‌توانست گرگور را مجبور کند به اتاقش برگردد.

Pero esa no fue la primera acción que decidió tomar.

اما این اولین اقدامی نبود که او تصمیم به انجام آن گرفت.

Pensó que era más importante calmar a los caballeros.

او فکر می‌کرد آرام کردن آقایان مهم‌تر است.

Aunque en realidad no estaban molestos en absoluto por Gregor.

اگرچه آنها واقعاً از گرگور ناراحت نبودند.

Gregor parecía más entretenido que tocar el violín.

گرگور از نوازندگی ویولن سرگرم‌کننده‌تر به نظر می‌رسید.

Corrió hacia ellos con los brazos extendidos.

با دستانی گشوده به سمتشان دوید.

Estaba intentando hacer lo mejor que podía para ocultar su visión de Gregor.

او تمام تلاشش را می‌کرد تا نظر آنها را در مورد گرگور پنهان کند.

Y trató de animarlos a regresar a su habitación.

و سعی کرد آنها را تشویق کند که به اتاقشان برگردند.

En realidad, esto los hizo enfadar un poco.

اگر واقعاً این موضوع آنها را کمی آزرده خاطر کرده باشد.

Pero era difícil decir exactamente qué les molestaba.

اما گفتن اینکه دقیقاً چه چیزی آنها را آزار می‌داد، دشوار بود.

El padre estaba arruinando la diversión de la noche.

پدر داشت تفریح شب را خراب می‌کرد.

Pero también acababan de enterarse de su nuevo compañero de piso.

اما آنها تازه از همخانه جدیدشان خبردار شده بودند.

Levantaron las manos tal como lo había hecho el padre.

آنها درست مثل پدر دستشان را بالا بردند.

Exigieron una explicación inmediata al padre.

آنها از پدر توضیح فوری خواستند.

Se tiraron inquietos de la barba esperando una respuesta.

آنها با بی‌قراری ریش‌هایشان را کشیدند تا جوابی بگیرند.

Y retrocedieron hasta su habitación, pero muy lentamente.

و آنها به سمت اتاقشان عقب عقب رفتند، اما خیلی آهسته.

La interrupción había dejado a la hermana en trance.

این وقفه، خواهر را به خلسه فرو برده بود.

Dejó que el violín y el arco colgaran a su lado.

ویولن و آرشه را در کنارش آویزان گذاشت.

Y ella miraba la partitura como si todavía estuviera tocando.

و طوری به نت موسیقی نگاه کرد که انگار هنوز در حال نواختن است.

Pero de repente ella regresó a la habitación.

اما ناگهان خودش را به داخل اتاق کشید.

Y ahora había superado el sentimiento de estar perdida.

و حالا او بر احساس گمگشتگی غلبه کرده بود.

Ella colocó el instrumento musical en el regazo de su madre.

او ساز موسیقی را روی پای مادرش گذاشت.

La madre estaba sentada en la silla, respirando con dificultad.

مادر روی صندلی نشسته بود و نفس نفس می‌زد.

Y entonces la hermana tuvo que correr a la habitación de al lado.

و بعد خواهر مجبور شد به اتاق بغلی بدود.

Tenía que dejar todo listo para los caballeros.

او باید همه چیز را برای آقایان آماده می‌کرد.

Ella arrojó las mantas y los cojines al aire.

پتوها و کوسن‌ها را به هوا پرتاب کرد.

Y con sus manos expertas dispuso toda la ropa de cama.

و با دستان ماهرش تمام ملافه‌ها را مرتب کرد.

Terminó antes de que los caballeros llegaran a la habitación.

قبل از اینکه آقایان به اتاق برسند، کارش تمام شده بود.

Y ella se escabulló antes de interponerse en su camino.

و قبل از اینکه سر راهشان قرار بگیرد، یواشکی بیرون رفت.

El padre parecía estar dominado por su propia terquedad.

به نظر می‌رسید پدر گرفتار لجبازی خودش شده است.

Y así olvidó todo respeto que debía a sus inquilinos.

و بنابراین تمام احترامی را که به مستاجرانش داشت فراموش کرد.

Empujó y empujó hasta que su portavoz se opuso.

او آنقدر فشار آورد و فشار آورد تا سخنگوی آنها اعتراض کرد.

Al llegar a la puerta, dio una patada furiosa.

وقتی به در رسید، با عصبانیت پایش را به زمین کوبید.

Y con esto logró detener al padre.

و بدین ترتیب پدر را به بن‌بست رساند.

"Por la presente declaro", comenzó dirigiéndose a su
propietario.

او شروع به خطاب قرار دادن صاحبخانه‌اش کرد و گفت:

«بدینوسیله اعلام می‌کنم».

Y levantó la mano, mirando a toda la familia.

و دستش را بالا برد و به تمام اعضای خانواده نگاه کرد.

"En cuanto a las repugnantes condiciones de la habitación;"

«با توجه به شرایط منزجرکننده‌ی اتاق؛»

Y se aseguró de que todos escucharan sus palabras.

و مطمئن شد که همه به حرف‌هایش گوش می‌دهند.

"Por la presente, le comunico que desocuparé mi habitación".

«بدین‌وسیله اعلام می‌کنم که اتاقم را تخلیه خواهم کرد».

Y reiteró su punto escupiendo en el suelo.

و او با تف کردن روی زمین، حرفش را بیشتر ثابت کرد.

"Tampoco pagaré por los días que he vivido aquí."

«و همچنین بابت روزهایی که اینجا زندگی کرده‌ام، پولی پرداخت
نخواهم کرد».

Sin embargo, no estaba completamente satisfecho con este
reembolso.

با این حال، او کاملاً از این بازپرداخت راضی نبود.

"Y consideraré hacer otras demandas contra usted."

«و من طرح درخواست‌های دیگری از شما را بررسی خواهم کرد».

Créeme, tales exigencias serán muy fáciles de justificar.

باور کنید، توجیه چنین خواسته‌هایی بسیار آسان خواهد بود».

Él permaneció en silencio y miró directamente al padre.

سکوت کرد و مستقیم به پدر نگاه کرد.

Parecía estar esperando que sucediera algo más.

انگار انتظار داشت اتفاق دیگری بیفتد.

De hecho, sus dos amigos inmediatamente tuvieron la
misma idea.

در واقع، دو دوستش بلافاصله همین فکر را کردند.

"También estamos cancelando nuestras habitaciones",
dijeron al unísono.

آنها همزمان گفتند: «ما هم اتاق‌هایمان را لغو می‌کنیم».

Luego agarró la manija de la puerta y cerró la puerta.

سپس دستگیره در را گرفت و در را بست.

Y con un fuerte estruendo se encerraron en su habitación.

و با صدای بلندی خودشان را در اتاقشان حبس کردند.

El padre se tambaleó hasta su silla con manos torpes.

پدر با دستانی که کورمال کورمال به آنها چنگ می‌زد، تلوتلوخوران به سمت صندلی‌اش رفت.

Y se dejó caer en la silla, derrotado.

و او شکست خورده، خودش را روی صندلی انداخت.

Parecía como si fuera a echar su siesta vespertina habitual.

انگار داشت به چرت عصرگاهی همیشگی‌اش می‌رفت.

Pero su cabeza asintió casi como si no tuviera apoyo.

اما سرش را طوری تکان داد که انگار تکیه‌گاهی ندارد.

Y se podía ver que no estaba durmiendo en absoluto.

و کاملاً مشخص بود که اصلاً خواب نیست.

Durante todo este tiempo Gregor no se había movido de su sitio.

در تمام این مدت، گرگور از جایش تکان نخورده بود.

Todavía estaba donde los caballeros lo habían visto por primera vez.

او هنوز همان جایی بود که آقایان برای اولین بار او را دیده بودند.

Incluso si hubiera querido moverse, le resultó imposible.

حتی اگر می‌خواست حرکت کند، غیرممکن می‌دید.

Por su decepción, o por su hambre.

به خاطر ناامیدی‌اش، یا به خاطر گرسنگی‌اش.

Estaba decepcionado por el fracaso de su plan.

او از شکست نقشه‌اش ناامید شده بود.

Y estaba débil por el hambre prolongada que sentía.

و او از گرسنگی ممتد که احساس می‌کرد، ضعیف شده بود.

Estaba seguro de que en cualquier momento todos se volverían contra él.

او مطمئن بود که هر لحظه همه به او حمله خواهند کرد.

Con esta expectativa de colapso inminente, esperó.

با این انتظارِ فروپاشیِ حتمی، او منتظر ماند.

El violín empezó a deslizarse del regazo de la madre.

ویولن شروع به سر خوردن از روی زانوان مادر کرد.

Con un sonido resonante el violín cayó al suelo.

ویولن با صدای مهیبی به زمین افتاد.

Pero ni siquiera ese repentino ruido estrepitoso lo sobresaltó.

اما حتی این صدای ناگهانیِ برخورد هم او را از جا نپراند.

«Queridos padres», dijo la hermana, «esto no puede continuar».

خواهر گفت: «والدین عزیز، این دیگر نمی‌تواند ادامه پیدا کند».

Y golpeó la mesa con la mano para dejar claro su punto.

و دستش را محکم روی میز کوبید تا منظورش را برساند.

"No diré el nombre de mi hermano delante de este monstruo".

«من اسم برادرم را جلوی این هیولا نمی‌گویم».

"Por eso lo digo lo más claramente posible:"

«به همین دلیل است که این را تا حد امکان رک و صریح می‌گویم»:

"No tenemos otra opción que deshacernos de este animal".

ما چاره‌ای جز خلاص شدن از شر این حیوان نداریم».

"Hicimos lo mejor que pudimos para tolerar y cuidar a este animal".

ما تمام تلاشمان را کردیم تا این حیوان را تحمل کنیم و از او

مراقبت کنیم».

"No creo que nadie pueda culparnos en lo más mínimo".

فکر نمی‌کنم کسی بتواند ذره‌ای ما را سرزنش کند».

"Tiene mil veces razón", asintió el padre.

پدر موافقت کرد: «او هزار بار حق دارد».

La madre aún no había recuperado del todo el aliento.

مادر هنوز نفسش به طور کامل بالا نیامده بود.

Ella empezó a toser sordamente en su mano, respirando con dificultad.

او شروع به سرفه‌های خفه در دستش کرد و نفس‌هایش سنگین شد.

Y una expresión de locura comenzó a surgir en sus ojos.

و حالتی دیوانه‌وار در چشمانش پدیدار شد.

La hermana corrió hacia su madre y le sujetó la frente.

خواهر به سمت مادرش دوید و پیشانی‌اش را گرفت.

El padre pareció inspirarse en las palabras de la hermana.

به نظر می‌رسید پدر از حرف‌های خواهر الهام گرفته است.

Y sus pensamientos parecían ser más claros que antes.

و افکارش انگار از قبل واضح‌تر شده بودند.

Dejó de asentir con la cabeza y volvió a sentarse derecho.

سرش را تکان نداد و دوباره صاف نشست.

Y jugaba con la gorra de sirviente, sumido en sus pensamientos.

و او در حالی که غرق در فکر بود، با کلاه خدمتکارش بازی می‌کرد.

Los platos de los inquilinos todavía estaban sobre la mesa.

بشقاب‌های مستاجران هنوز روی میز بود.

Y a veces miraba hacia el silencioso Gregor.

و گاهی به گرگورِ خاموش نگاه می‌کرد.

"Tenemos que intentar deshacernos de él", le dijo la hermana.

خواهر به او گفت: «باید سعی کنیم از شرش خلاص شویم».

La madre estaba demasiado ocupada tosiendo como para escuchar.

مادر آنقدر سرگرم سرفه بود که فرصت گوش دادن نداشت.

"Los matará a ambos, ya lo veo venir."

»هر دوی شما را خواهد کشت، از همین الان می‌توانم ببینم که دارد می‌آید».

"No podemos seguir trabajando tan duro como lo hacemos todos."

»ما نمی‌توانیم به همین سختی که الان هستیم به کار کردن ادامه دهیم».

"Y cada día tenemos que volver a casa y encontrarnos con esta tortura."

و هر روز مجبوریم با این شکنجه به خانه برگردیم».

"No podemos soportarlo más. No puedo soportarlo."

»ما دیگر نمی‌توانیم تحمل کنیم. من نمی‌توانم تحمل کنم».

Ella cayó ante su madre en un último estallido de lágrimas.

او با آخرین قطره اشکش به مادرش افتاد.

Las lágrimas cayeron por su rostro y sobre el de su madre.

اشک از صورتش سرازیر شد و روی صورت مادرش افتاد.

Y se secó las lágrimas con un movimiento mecánico.

و با حرکتی مکانیکی اشک‌هایش را پاک کرد.

"Hijo mío", dijo el padre con voz compasiva.

پدر با لحنی مهربان گفت: »فرزندم«!

Había profunda simpatía y comprensión en su voz.

در صدایش همدردی و درک عمیقی موج می‌زد.

«Pero ¿qué debemos hacer?», confesó no saberlo.

»اما ما باید چه کار کنیم؟« او اعتراف کرد که نمی‌داند.

La hermana simplemente se encogió de hombros con impotencia.

خواهر فقط شانه‌هایش را از روی درماندگی بالا انداخت.

Y su confianza anterior fue reemplazada nuevamente por lágrimas.

و اعتماد به نفس قبلی‌اش دوباره جای خود را به اشک داد.

«Si nos entendiera», dijo el padre en voz alta.

پدر با صدای بلند گفت: «کاش ما را درک می‌کرد».

Y se preguntó si tal vez Gregor entendía.

و او تقریباً شک داشت که آیا گرگور فهمیده است یا نه.

La hermana simplemente sacudió su mano violentamente mientras lloraba.

خواهر در حالی که گریه می‌کرد، فقط دستش را به شدت تکان داد.

Y entonces ella señaló que no se debía pensar en esa idea.

و بنابراین او اعلام کرد که نباید به این ایده فکر کرد.

«¡Si nos comprendiera!», repitió el padre.

پدر تکرار کرد: «اما کاش ما را درک می‌کرد».

Cerrando los ojos consideró la respuesta de la hermana.

با بستن چشمانش، پاسخ خواهر را در نظر گرفت.

"Si lo entendiera se podría llegar a un acuerdo con él."

«اگر او بفهمد، می‌توان با او به توافق رسید».

"Pero estando las cosas como están..."

«اما با توجه به اینکه اوضاع به همین منوال است»...

"Tiene que irse", gritó la hermana, "es la única manera".

خواهر فریاد زد: «باید برود، این تنها راه است».

"Tienes que deshacerte de la idea de que es Gregor".

«باید از این فکر که گرگور است، خلاص شوی».

"Que lo hayamos creído durante tanto tiempo es nuestra verdadera desgracia."

«اینکه ما این همه مدت به آن اعتقاد داشتیم، بدبختی واقعی ماست».

«¿Pero cómo puede ser Gregor?», le preguntó a su padre.

از پدرش پرسید: «اما چطور ممکن است گرگور باشد؟»

"Sabía que un animal así no podía coexistir con los humanos".

او می‌دانست که چنین حیوانی نمی‌تواند با انسان‌ها همزیستی داشته باشد.

Gregor nos habría abandonado hace mucho tiempo, voluntariamente.

گرگور خیلی وقت پیش، داوطلبانه ما را ترک می‌کرد.

"Es cierto, entonces no tendríamos ningún hermano."

«درسته، اونوقت دیگه برادری نداشتیم».

"Pero podríamos seguir viviendo y honrar su memoria".

اما ما می‌توانیم به زندگی ادامه دهیم و یاد او را گرامی بداریم».

"Pero esta bestia nos persigue y ahuyenta a nuestros labradores."

«اما این حیوان وحشی ما را تعقیب می‌کند و مستاجران ما را فراری می‌دهد».

"Es evidente que quiere apoderarse de todo el apartamento".

«معلوم است که می‌خواهد کل آپارتمان را تصاحب کند».

"Esta bestia quiere hacernos dormir en la calle."

این جانور می‌خواهد ما را در خیابان بخواباند».

«Mira, padre», gritó de repente, «¡se mueve otra vez!»

ناگهان فریاد زد: «ببین پدر، دوباره دارد حرکت می‌کند!»

E hizo algo que ni siquiera Gregor pudo entender.

و او کاری کرد که حتی گرگور هم نمی‌توانست بفهمد.

Ella se apartó, como sacrificando a la madre.

خودش را کنار کشید، انگار که داشت مادر را قربانی می‌کرد.

Y ella corrió detrás de su padre buscando algún tipo de seguridad.

و او برای یافتن جایی امن، پشت سر پدرش دوید.

El padre estaba agitado únicamente porque su hija lo estaba.

پدر فقط به خاطر دخترش مضطرب بود.

Pero entonces él también se levantó y levantó los brazos sobre ella.

اما سپس او نیز بلند شد و دستانش را بالای سر او بلند کرد.

Pero Gregor no tenía intención de asustar a nadie.

اما گرگور قصد نداشت کسی را بترساند.

Sobre todo no pensó en asustar a su hermana.

او به خصوص هیچ فکری برای ترساندن خواهرش نداشت.

Él sólo estaba intentando regresar a su habitación.

او فقط سعی می‌کرد به سمت اتاقش برگردد.

Pero dado que su estado estaba empeorando, incluso esto era difícil.

اما در شرایط رو به وخامت او، حتی این کار هم دشوار بود.

Y ya no tenía pleno uso de todas sus piernas.

و او دیگر نمی‌توانست از تمام پاهایش به طور کامل استفاده کند.

Entonces usó su cabeza para levantar su cuerpo y girar.

بنابراین او از سرش برای بلند کردن بدنش و چرخاندن خودش استفاده کرد.

Hizo una pausa y miró a su alrededor esperando la aprobación de la familia.

مکثی کرد و به اطراف نگاه کرد تا رضایت خانواده را جلب کند.

Su buena intención parecía haber sido reconocida.

به نظر می‌رسید نیت خیر او تشخیص داده شده است.

Su movimiento sólo había sido un shock momentáneo para ellos.

حرکت او فقط یک شوک لحظه‌ای برای آنها بود.

Ahora todos lo miraban en un silencio infeliz.

حالا همه آنها در سکوتی غم انگیز به او نگاه می کردند.

La madre seguía tumbada en el sillón, exhausta.

مادر هنوز خسته و کوفته روی صندلی راحتی دراز کشیده بود.

El padre y la hermana estaban sentados uno al lado del otro.

پدر و خواهر کنار هم نشسته بودند.

«Quizás ahora me dejen dar la vuelta», pensó Gregor.

گرگور فکر کرد: «شاید حالا بگذارند برگردم».

Y continuó haciendo su torpe movimiento de giro.

و او به حرکت عجیب و غریب چرخش خود ادامه داد.

No podía reprimir los jadeos ocasionales de esfuerzo.

نمی‌توانست نفس نفس زدن‌های گاه و بیگاه ناشی از تقلا را سرکوب کند.

Y se vio obligado a descansar un par de veces entre uno y otro.

و او مجبور شد بین این دو، چند باری استراحت کند.

Ya nadie le obligaba a apresurarse; la decisión estaba en sus manos.

حالا دیگر کسی او را مجبور به عجله نمی‌کرد؛ همه چیز به خودش بستگی داشت.

Al final completó el giro lento y doloroso.

سرانجام او چرخش آهسته و دردناک را به پایان رساند.

Inmediatamente comenzó a caminar directamente de regreso a su habitación.

او بلافاصله شروع به قدم زدن مستقیم به سمت اتاقش کرد.

Se sorprendió de lo lejos que estaba de su habitación.

از اینکه چقدر از اتاقش دور شده بود، شگفت‌زده شده بود.

¿Cómo, a pesar de su debilidad, había llegado allí antes?

چطور، با وجود ضعفش، قبلاً به آنجا رسیده بود؟

Había recorrido casi el mismo camino sin darse cuenta.

او تقریباً همان مسیر را بدون توجه طی کرده بود.

Ahora él sólo se concentró en gatear tan rápido como podía.

او فقط روی خزیدن با تمام سرعتی که می‌توانست تمرکز کرد.

La falta de comentarios por parte de alguien no le inquietó.

عدم اظهار نظر از سوی هیچ‌کس او را نگران نمی‌کرد.

Sólo cuando ya estaba en la puerta giró la cabeza.

فقط وقتی که از قبل به در رسیده بود، سرش را برگرداند.

Pero no pudo darse la vuelta para mirar hacia atrás por completo.

اما او قادر نبود برگردد و کاملاً به عقب نگاه کند.

Porque sintió que su cuello se ponía aún más rígido al girarse.

چون وقتی برگشت، احساس کرد گردنش بیشتر سفت شده است.

Pero vio que de todas formas nada había cambiado detrás de él.

اما او دید که به هر حال هیچ چیز پشت سرش تغییر نکرده است.

La única diferencia fue que su hermana se puso de pie.

تنها تفاوت این بود که خواهرش بلند شده بود.

Su última mirada mostró que su madre se había quedado dormida.

آخرین نگاهش نشان می‌داد که مادرش به خواب رفته است.

Tan pronto como estuvo dentro de su habitación la puerta se cerró.

به محض اینکه داخل اتاقش شد، در بسته شد.

Y tan pronto como la puerta se cerró, el cerrojo quedó bloqueado.

و به محض اینکه در بسته شد، درِ ضخیم قفل شد.

Gregor se asustó por el ruido inesperado que se oía detrás.

گرگور از صدای غیرمنتظره‌ی پشت سرش ترسید.

Y sus piernas se doblaron bajo él por la repentina sorpresa.

و از شدت تعجب ناگهانی، پاهایش زیر بدنش خم شدند.

Fue la hermana quien corrió hacia la puerta detrás de él.

خواهر بود که پشت سر او به سمت در دویده بود.

Ella ya se encontraba allí de pie, esperándolo.

او از قبل آنجا ایستاده بود و منتظر او بود.

Luego saltó hacia delante ligeramente sin que Gregor la oyera.

سپس به آرامی و بدون اینکه گرگور چیزی بشنود، به جلو پرید.

"¡Por fin!" gritó en voz alta mientras giraba la llave.

در حالی که کلید را می‌چرخاند، با صدای بلند فریاد زد: «بالاخره»!

"¿Y ahora qué?", se preguntó Gregor, solo en la oscuridad.

گرگور، تنها در تاریکی، از خودش پرسید: «حالا چی؟»

Pronto descubrió que ya no podía moverse en absoluto.

خیلی زود متوجه شد که دیگر نمی‌تواند تکان بخورد.

Pero no le sorprendió realmente su inmovilidad.

اما او واقعاً از بی‌حرکتی‌اش تعجب نکرده بود.

Poder moverse con piernas tan delgadas parecía ridículo.

توانایی حرکت با پاهایی به این لاغری، مسخره به نظر می‌رسید.

No sabía cómo había sido capaz de hacerlo.

او نمی‌دانست چطور تا به حال توانسته بود این کار را انجام دهد.

Pero aparte de eso se sentía relativamente cómodo.

اما گذشته از این، او احساس نسبتاً راحتی می‌کرد.

Es cierto que sentía un dolor profundo en todo el cuerpo.

درست است که او درد عمیقی را در سراسر بدنش احساس می‌کرد.

Pero el dolor parecía hacerse cada vez más débil.

اما انگار دردش کم و کمتر می‌شد.

Y sintió que el dolor eventualmente desaparecería.

و او احساس می‌کرد که درد بالاخره از بین خواهد رفت.

Ya casi no sentía la manzana podrida en su espalda.

دیگر به سختی سیب گندیده را در پشتش حس می‌کرد.

Pensó en su familia con emoción y amor.

او با احساسی سرشار از عشق و علاقه به خانواده‌اش فکر کرد.

Sintió las emociones de su hermana incluso más que ella misma.

او احساسات خواهرش را حتی بیشتر از او درک می‌کرد.

Ella tenía razón en lo que había dicho: él tenía que irse.

حق با او بود، او باید می‌رفت.

Pasó algún tiempo en ese estado vacío y pacífico.

او مدتی را در این حالت خالی و آرام گذراند.

El reloj dio tres veces, silenciosamente, pero con firmeza.

ساعت سه بار، آرام، اما محکم، نواخت.

Gregor fue sacado suavemente de sus meditaciones.

گرگور به آرامی از افکارش بیرون کشیده شد.

Observó cómo la luz de la mañana entraba lentamente en su habitación.

او نظاره گر نور صبحگاهی بود که به آرامی وارد اتاقش می شد.

Entonces su cabeza se hundió por completo, sin su voluntad.

سپس سرش را کاملاً، بدون ارادهاش، به پایین انداخت.

Y su último aliento fluyó débilmente de su nariz.

و آخرین نفسش به سختی از سوراخهای بینیاش جاری شد.

La criada entró en su habitación temprano en la mañana.

خدمتکار صبح زود به اتاقش آمد.

No encontró nada inusual durante su corta visita habitual.

او در طول بازدید کوتاه معمول خود هیچ چیز غیرعادی پیدا نکرد.

Con fuerza y prisa cerró de golpe todas las puertas.

از روی قدرت و عجله، تمام درها را محکم به هم کوبید.

No fue posible dormir tranquilo en todo el apartamento.

در کل آپارتمان خواب راحت ممکن نبود.

Le habían pedido que evitara hacer esto por la mañana.

از او خواسته شده بود که از انجام این کار در صبح خودداری کند.

Ella pensó que él yacía allí inmóvil a propósito.

او فکر میکرد که او عمداً آنجا بیحرکت دراز کشیده است.

Quizás quería demostrarle que estaba ofendido.

شاید میخواست به او نشان دهد که از این بابت ناراحت است.

Ella confiaba en que él tenía todo tipo de inteligencia.

او به او اعتماد داشت که انواع هوش و ذکاوت را دارد.

Ella sostenía por casualidad la escoba larga en su mano.

اتفاقاً جاروی بلندی را در دست داشت.

Entonces, desde la puerta, intentó hacerle un poco de
cosquillas a Gregor.

بنابراین، از همان دم در، سعی کرد کمی گرگور را قلقلک بدهد.

Ella estaba un poco molesta porque él no respondió en
absoluto.

او کمی ناراحت شد که او اصلاً جواب نداد.

Así que esta vez lo empujó un poco más firmemente.

بنابراین این بار او را کمی محکم‌تر هل داد.

Cuando él no ofreció resistencia, ella lo miró más de cerca.

وقتی هیچ مقاومتی از خود نشان نداد، زن نگاه دقیق‌تری به او انداخت.

Pronto se dio cuenta de lo que realmente le había sucedido a Gregor.

او خیلی زود فهمید که واقعاً چه اتفاقی برای گرگور افتاده است.

Abrió más los ojos y silbó para sí misma.

چشمانش را بیشتر باز کرد و برای خودش سوت زد.

Pero no perdió mucho tiempo antes de abrir la puerta.

اما او قبل از باز کردن در، وقت زیادی را تلف نکرد.

Y clamó a gran voz en la oscuridad:

و با صدای بلند در تاریکی فریاد زد:

"Ven a echarle un vistazo, ahí está, completamente muerto."

»بیا و نگاهی بینداز، آنجا افتاده، کاملاً مرده.«

Los dos padres estaban sentados erguidos en el lecho conyugal.

دو پدر و مادر در تخت خواب زناشویی خود صاف نشستند.

Primero tuvieron que superar el impacto del ruido.

اول باید بر شوک ناشی از سر و صدا غلبه می‌کردند.

Pero poco a poco empezaron a comprender su mensaje.

اما سپس آنها به آرامی شروع به درک پیام او کردند.

El señor y la señora Samsa saltaron cada uno de su lado de la cama.

آقا و خانم سمسا هر کدام از سمت خودشان از تخت بیرون پریدند.

El señor Samsa se echó la gruesa manta sobre los hombros.

آقای سامسا پتوی ضخیم را روی شانه‌هایش انداخت.

Y la señora Samsa salió sin nada más que su camisón.

و خانم سامسا فقط با لباس خوابش بیرون آمد.

Y así entraron en la habitación de Gregor.

و اینگونه بود که آنها وارد اتاق گرگور شدند.

Mientras tanto, la puerta de la sala de estar también se había abierto.

در همین حال، درِ اتاق نشیمن نیز باز شده بود.

Grete había dormido allí desde que los inquilinos se mudaron.

گرت از وقتی مستاجرها به آنجا نقل مکان کرده بودند، آنجا خوابیده بود.

Estaba completamente vestida como si no hubiera dormido en absoluto.

او کاملاً لباس پوشیده بود، انگار اصلاً نخوابیده بود.

Su rostro pálido también parecía demostrar su falta de sueño.

چهره رنگ پریده‌اش هم انگار کم‌خوابی‌اش را ثابت می‌کرد.

"¿Está muerto?" preguntó la señora Samsa, mirando a la criada.

خانم سمسا در حالی که به خدمتکار نگاه می‌کرد پرسید: «مرده؟»

Ella podría haberlo confirmado mirándolo ella misma.

او می‌توانست با نگاه کردن به خودش این را تأیید کند.

"Creo que sí", dijo la criada cogiendo la escoba.

خدمتکار در حالی که جارو را برمی‌داشت گفت: «فکر کنم».

Y ella empujó su cuerpo muy lejos por el suelo.

و بدنش را تا مسافت زیادی روی زمین هل داد.

La señora Samsa hizo un movimiento como si quisiera detenerla.

خانم سمسا حرکتی کرد، انگار می‌خواست جلویش را بگیرد.

Pero al final dejó que la criada llevara a Gregor de un lado a otro.

اما در نهایت گذاشت خدمتکار گرگور را سر جایش بنشاند.

—Bueno —dijo el señor Samsa—, por fin podemos dar gracias a Dios.

آقای سامسا گفت: «خب، بالاخره می‌توانیم خدا را شکر کنیم».

Hizo la señal de la cruz; cabeza, pecho, hombros.

او علامت صلیب کشید؛ سر، سینه، شانه‌ها.

Y las tres mujeres siguieron su ejemplo religioso.

و سه زن از الگوی مذهبی او پیروی کردند.

Grete, que no apartaba la vista del cadáver, dijo:

گرت که چشم از جسد برنمی‌داشت، گفت؛

"Mira qué delgado estaba, hacía tanto tiempo que no comía."

«ببین چقدر لاغر شده بود، خیلی وقته چیزی نخورده».

"La comida que le dejaba cada mañana siempre estaba intacta."

«غذایی که هر روز صبح برایش می‌گذاشتم، همیشه دست نخورده باقی می‌ماند».

De hecho, el cuerpo de Gregor estaba completamente plano y seco.

در واقع، بدن گرگور کاملاً صاف و خشک بود.

Esto era más visible ahora que estaba en el suelo.

حالا که روی زمین بود، این بیشتر به چشم می‌آمد.

Porque su cuerpo ya no era levantado por sus piernas.

زیرا بدنش دیگر توسط پاهایش بالا برده نمی‌شد.

Y porque no había nada más que distrajera la vista.

و چون هیچ چیز دیگری حواسش را پرت نمی‌کرد.

—Ven un rato con nosotros, Grete —dijo la señora Samsa.

خانم سمسا گفت: «گرت، مدتی با ما بیا داخل».

Había una sonrisa dolorosa en sus labios mientras hablaba.

موقع حرف زدن لبخند دردناکی روی لب‌هایش بود.

Grete los siguió, pero también miró hacia el cadáver.

گرت آنها را دنبال کرد، اما به جسد نیز نگاه کرد.

La criada cerró la puerta y abrió completamente la ventana.

خدمتکار در را بست و پنجره را تا انتها باز کرد.

Todavía era temprano, por lo que normalmente el aire estaría frío.

هنوز زود بود، بنابراین هوا معمولاً سرد می‌بود.

Pero también había una mezcla de calidez en el aire frío.

اما در هوای سرد، ترکیبی از گرما نیز وجود داشت.

Como un suave recordatorio de que ya era finales de marzo.

مثل یک یادآوری ملایم که حالا آخر ماه مارس بود.

Los tres inquilinos ahora también salieron de su habitación.

حالا سه مستاجر هم از اتاقشان بیرون آمدند.

Miraron a su alrededor con asombro en busca de su desayuno.

آنها با تعجب به اطراف نگاه کردند تا صبحانه شان را پیدا کنند.

El desayuno fue olvidado por lo que encontró la criada.

به خاطر چیزی که خدمتکار پیدا کرد، صبحانه فراموش شد.

"¿Dónde está el desayuno?" se quejó el caballero del medio.

مرد وسطی غرغر کرد: «صبحانه کجاست؟»

La criada se llevó el dedo a la boca para ordenar silencio.

خدمتکار انگشتش را جلوی دهانش گذاشت تا دستور سکوت بدهد.

Y ella rápidamente y en silencio saludó a los caballeros.

و او با عجله و سکوت به آقایان دست تکان داد.

La criada acompañó a los tres caballeros a la habitación.

خدمتکار سه آقا را به داخل اتاق راهنمایی کرد.

Y continuó explicándoles lo que había sucedido.

و او همچنان برایشان توضیح می‌داد که چه اتفاقی افتاده است.

Y los tres caballeros estaban alrededor del cadáver de Gregor.

و آن سه آقا دور جسد گرگور ایستاده بودند.

Con las manos en los bolsillos miraron hacia abajo.

دست در جیب، سرشان را پایین انداخته بودند.

La luz de la mañana ahora había inundado completamente la habitación.

حالا نور صبحگاهی تمام اتاق را پوشانده بود.

Entonces se abrió la puerta del dormitorio y apareció el señor Samsa.

سپس در اتاق خواب باز شد و آقای سامسا ظاهر شد.

A un lado estaba su esposa y al otro su hija.

در یک طرف همسرش و در طرف دیگر دخترش بود.

Para entonces el señor Samsa ya llevaba puesto su uniforme.

آقای سامسا حالا دیگر یونیفرمش را پوشیده بود.

Se podía ver que todos habían estado llorando un poco.

می‌شد دید که همه‌شان کمی گریه کرده‌اند.

Grete presionó su cara contra el brazo de su padre.

گرت صورتش را به بازوی پدرش فشرد.

"¡Sal de mi apartamento inmediatamente!" ordenó el señor Samsa.

آقای سامسا دستور داد: «فوراً آپارتمان من را ترک کنید»!

Y señaló la puerta sin dejar salir a las mujeres.

و بدون اینکه زنان راه بدهد، به در اشاره کرد.

"¿Qué quieres decir?" preguntó el intermediario
desconcertado.

مرد واسطه با دستپاچگی پرسید: «منظورت چیست؟»

Y él hizo lo mejor que pudo para sonreír dulcemente al
señor Samsa.

و تمام تلاشش را کرد تا لبخند شیرینی به آقای سامسا بزند.

Los otros dos llevaban las manos tras la espalda.

دو نفر دیگر دست‌هایشان را پشت سرشان گرفته بودند.

Y se frotaron las manos con anticipación.

و با اشتیاق دست‌هایشان را به هم مالیدند.

Parecía que esperaban que se produjera una fuerte pelea.

انگار انتظار داشتند دعوای شدیدی در بگیرد.

Pero ellos parecían estar contentos con la discusión que se
avecinaba.

اما به نظر می‌رسید که از بحث پیش رو خوشحال هستند.

Creían que la disputa sería a su favor.

آنها فکر می‌کردند که این اختلاف به نفع آنها خواهد بود.

"Quiero decir exactamente lo que acabo de decir", respondió
el señor Samsa.

آقای سامسا سامسا پاسخ داد: «دقیقاً منظورم همان چیزی است که الان

گفتم».

Caminó en línea recta con sus dos compañeros.

او به همراه دو همراهش در یک خط مستقیم راه می‌رفت.

Y el señor Samsa se dirigió directamente a su caballero
principal.

و آقای سامسا مستقیماً به آقای سرپرست آنها مراجعه کرد.

El caballero primero se quedó quieto, mirando al suelo.

آقا اول بی‌حرکت ایستاد و به زمین نگاه کرد.

El contenido de su cabeza todavía estaba ordenándose.

محتویات سرش هنوز داشت خودش را مرتب می‌کرد.

—Está bien, nos vamos —dijo y miró al señor Samsa.

گفت: «بسیار خب، ما می‌رویم.» و به آقای سامسا نگاه کرد.

Una nueva humildad pareció apoderarse de él de repente.

به نظر می‌رسید که فروتنی جدیدی ناگهان بر او غلبه کرده است.

Y parecía estar pidiendo permiso para esta decisión.

و به نظر می‌رسید که برای این تصمیم اجازه می‌خواهد.

El señor Samsa abrió mucho los ojos y asintió un poco.

آقای سامسا چشمانش را کاملاً باز کرد و کمی سرش را تکان داد.

Los caballeros obedecieron inmediatamente su orden.

آقایان بلافاصله به فرمان او عمل کردند.

Y efectivamente dieron largos pasos por el pasillo.

و آنها واقعاً با گام‌های بلند وارد راهرو شدند.

Sus amigos ya habían dejado de frotarse las manos.

دوستانش دیگر دست از مالیدن دست‌هایشان برداشته بودند.

Habían estado escuchando cómo iba la conversación.

آنها داشتتند به روند مکالمه گوش می‌دادند.

Y ahora corrían tras él, como si tuvieran miedo.

و حالا آنها انگار از ترس، دنبالش می‌دویدند.

El señor Samsa aún podría aislarlos de su líder.

آقای سامسا هنوز هم ممکن است آنها را از رهبرشان جدا کند.

Sacaron sus palos del contenedor.

چوب‌هایشان را از ظرف چوب‌ها بیرون کشیدند.

Y se inclinaron en silencio antes de salir del apartamento.

و قبل از اینکه آپارتمان را ترک کنند، در سکوت تعظیم کردند.

El señor Samsa y las dos mujeres salieron del patio delantero.

آقای سامسا و دو زن از حیاط جلویی بیرون آمدند.

Pero en realidad no tenían motivos para desconfiar de los hombres.

اما در واقع آنها هیچ دلیلی برای بی‌اعتمادی به مردان نداشتند.

Se apoyaron en la barandilla para comprobar si se habían ido.

آنها به نرده تکیه دادند تا ببینند آیا رفته‌اند یا نه.

Los tres caballeros efectivamente estaban bajando las escaleras.

آن سه آقا واقعاً داشتند از پله‌ها پایین می‌آمدند.

En un determinado recodo de la escalera desaparecieron.

در پیچ خاصی از راه پله، آنها ناپدید شدند.

Y entonces la escalera los trajo de nuevo a la vista.

و سپس راه پله آنها را دوباره در معرض دید قرار داد.

Esta aparición y desaparición se repite en cada piso.

این پدیدار و ناپدید شدن در هر طبقه تکرار می‌شد.

Pero al final casi habían llegado al fondo.

اما در نهایت آنها تقریباً به ته خط رسیده بودند.

Cuanto más avanzaban, más aburridos parecían.

هر چه جلوتر می‌رفتند، بیشتر بی‌اهمیت به نظر می‌رسیدند.

Todos regresaron a casa, como si se sintieran aliviados.

همه به خانه برگشتند، انگار که خیالشان راحت شده باشد.

Decidieron aprovechar el día para descansar y salir a pasear.

آنها تصمیم گرفتند از این روز برای استراحت و پیاده‌روی استفاده کنند.

Sentían que merecían este descanso de su trabajo.

آنها احساس می‌کردند که لیاقت این استراحت از کارشان را داشته‌اند.

No sólo merecían este descanso, sino que lo necesitaban.

آنها نه تنها لیاقت این استراحت را داشتند، بلکه به آن نیاز داشتند.

Se sentaron a la mesa para escribir cartas de disculpas.

آنها پشت میز نشستند تا نامه‌های عذرخواهی بنویسند.

El señor Samsa escribió una carta de disculpas a su dirección.

آقای سامسا نامه عذرخواهی خود را به مدیریتش نوشت.

La señora Samsa escribió su carta de disculpas a sus clientes.

خانم سامسا نامه عذرخواهی خود را برای موکلانش نوشت.

Y Grete escribió su carta de disculpa a su director.

و گرت نامه عذرخواهی خود را به مدیر مدرسه‌اش نوشت.

Mientras todos escribían, la criada llegó a la habitación.

در حالی که همه مشغول نوشتن بودند، خدمتکار به اتاق آمد.

Su trabajo de la mañana había terminado, por lo que se dirigía a casa.

کار صبحش تمام شده بود، بنابراین داشت به خانه می‌رفت.

Los tres escritores asintieron al principio, sin levantar la vista.

سه نویسنده ابتدا بدون اینکه سرشان را بالا بیاورند، سرشان را تکان دادند.

Pero la criada no parecía querer irse todavía.

اما به نظر نمی‌رسید که خدمتکار هنوز کاملاً قصد رفتن داشته باشد.

Esperó un poco, hasta que los tres escritores levantaron la vista.

کمی منتظر ماند، تا اینکه سه نویسنده سرشان را بالا آوردند.

"¿Y bien?" preguntó el señor Samsa, enojado como los demás.

آقای سامسا، مثل بقیه، عصبانی پرسید: «خب؟»

La criada estaba parada en la puerta con una sonrisa en su rostro.

خدمتکار با لبخندی بر لب، در چارچوب در ایستاده بود.

Dio la impresión de tener buenas noticias que informar.

او این حس را القا می‌کرد که خبرهای خوبی برای گزارش دادن دارد.

Pero ella no iba a compartir la noticia a menos que se lo pidieran.

اما او قصد نداشت این خبر را به اشتراک بگذارد، مگر اینکه از او خواسته شود.

La pluma de avestruz erguida sobre su sombrero se balanceaba ligeramente.

پر شترمرغِ عمودیِ روی کلاهش کمی تکان خورد.

Aquella pluma de avestruz siempre había molestado al señor Samsa.

آن پر شترمرغ همیشه آقای سامسا را آزار می‌داد.

—Entonces, ¿qué quieres? —preguntó la señora Samsa con firmeza.

خانم سمسا با قاطعیت پرسید: «خب، پس چی می‌خوای؟»

La criada todavía tenía mucho respeto por la señora Samsa.

خدمتکار هنوز هم برای خانم سمسا احترام زیادی قائل بود.

"Sí", respondió ella y soltó una carcajada amistosa.

«بله» جواب داد و خنده‌ی دوستانه‌ای سر داد.

Por un momento su risa le impidió hablar.

برای لحظه‌ای خنده‌اش مانع از ادامه‌ی حرفش شد.

"No tienes que preocuparte por esa cosa de al lado".

»لازم نیست نگران اون چیز بغلی باشی«.

"Ya he decidido cómo nos desharemos de él".

»من از قبل ترتیب داده‌ام که چطور از شرش خلاص شویم«.

La señora Samsa y Grete continuaron escribiendo sus cartas.

خانم سامسا و گرت به نوشتن نامه‌هایشان ادامه دادند.

Pero el señor Samsa se dio cuenta de que la criada aún no había terminado.

اما آقای سامسا متوجه شد که حرف‌های خدمتکار هنوز تمام نشده است.

Ahora quería describir todo con más detalle.

حالا او می‌خواست همه چیز را با جزئیات بیشتری توصیف کند.

Pero él extendió su mano para rechazar sus esfuerzos.

اما او دستش را دراز کرد تا تلاش‌های او را رد کند.

Se dio cuenta de que no estaban interesados en sus planes.

او متوجه شد که آنها به نقشه‌هایش علاقه‌ای ندارند.

Y entonces recordó la gran prisa en la que había estado.

و بعد یادش آمد که چه عجله‌ی زیادی داشته است.

"Ciao entonces", dijo ella, insultada por la falta de interés.

او که از بی‌علاقگی توهین شده بود، گفت: »پس خداحافظ«.

Pero antes de irse cerró la puerta de un golpe terriblemente fuerte.

اما قبل از اینکه برود، در را محکم به هم کوبید.

"La despedirán esta noche", dijo el señor Samsa.

آقای سامسا گفت: »او عصر اخراج خواهد شد«.

Pero su esposa y su hija estaban demasiado ocupadas para responderle.

اما همسر و دخترش آنقدر مشغول بودند که نتوانستند به او پاسخ دهند.

Porque la criada había perturbado la paz recién adquirida.

زیرا آن خدمتکار آرامش تازه به دست آمده آنها را به هم زده بود.

La madre y la hija se levantaron para ir a la ventana.

مادر و دختر بلند شدند تا به سمت پنجره بروند.

Y abrazados se quedaron allí.

و در حالی که دست در دست هم داشتند، همانجا ماندند.

El señor Samsa se giró en su silla para mirarlos.

آقای سمسا روی صندلی‌اش چرخید تا به آنها نگاه کند.

Y por un rato los observó en silencio mientras estaban allí de pie.

و مدتی آرام آنها را که آنجا ایستاده بودند تماشا کرد.

Finalmente les gritó: "¿Queréis venir a mí?"

سرانجام او آنها را صدا زد: «آیا پیش من می‌آیید؟»

"Olvidémonos de todas esas cosas viejas, ¿de acuerdo?"

«بیایید همه آن چیزهای قدیمی را فراموش کنیم، باشه؟»

"Ven a mí y dame un poco de tu atención."

«بیا پیش من و کمی از توجهت را به من بده».

Las dos mujeres hicieron lo que él les dijo y corrieron hacia él.

آن دو زن همانطور که او گفته بود عمل کردند و به سمتش دویدند.

Le dieron un abrazo cariñoso y le besaron.

آنها او را با محبت در آغوش گرفتند و بوسیدند.

Regresaron rápidamente para terminar de escribir sus cartas.

آنها به سرعت برگشتند تا نوشتن نامه‌هایشان را تمام کنند.

Luego los tres abandonaron el apartamento juntos.

سپس هر سه با هم از آپارتمان خارج شدند.

No habían salido juntos de casa desde hacía meses.

ماه‌ها بود که با هم از خانه بیرون نرفته بودند.

Y tomaron el tranvía hasta las afueras de la ciudad.

و آنها با تراموا به حومه شهر رفتند.

Tenían todo el vagón del tranvía para ellos solos.

آنها تمام واگن تراموا را در اختیار داشتند.

La luz del sol entraba a raudales por la ventana desde el exterior.

نور خورشید از پنجره به داخل اتاق می‌تابید.

La familia se reclinó cómodamente en sus asientos.

خانواده با خیال راحت به صندلی‌هایشان تکیه دادند.

Y discutieron las perspectivas para su futuro.

و آنها در مورد چشم انداز آینده خود بحث کردند.

Al examinarlos más de cerca, sus perspectivas no eran malas.

با بررسی دقیق‌تر، چشم‌انداز آنها بد نبود.

Los tres tenían trabajos con potencial para ganar más.

هر سه نفر شغل‌هایی داشتند که پتانسیل درآمد بیشتری را داشتند.

Nunca se habían preguntado sobre su trabajo.

آنها هرگز از یکدیگر در مورد کارشان نپرسیده بودند.

Pero ahora finalmente tenían tiempo para discutir esas cosas.

اما حالا بالاخره وقت داشتند که در مورد چنین چیزهایی صحبت کنند.

También tenían la opción de mudarse a un apartamento más pequeño.

آنها همچنین این امکان را داشتند که به یک آپارتمان کوچکتر نقل مکان کنند.

Esto tendría el mayor impacto en sus vidas.

این بزرگترین تأثیر را در زندگی آنها خواهد داشت.

Su apartamento actual había sido elegido por Gregor.

آپارتمان فعلی آنها توسط گرگور انتخاب شده بود.

Pero ahora podrían mudarse a algún lugar más asequible.

اما حالا می‌توانند به جایی با قیمت مناسب‌تر نقل مکان کنند.

Un apartamento más pequeño, pero en un lugar más práctico.

یک آپارتمان کوچک‌تر، اما جایی کاربردی‌تر.

Hablar sobre el futuro hizo que Grete se sintiera nuevamente más animada.

صحبت کردن در مورد آینده، گرت را دوباره سرزنده‌تر کرد.

El señor y la señora Samsa también notaron otros cambios en ella.

آقا و خانم سمسا متوجه تغییرات دیگری هم در او شدند.

Sus mejillas se habían vuelto pálidas por todas sus preocupaciones.

گونه‌هایش از شدت نگرانی رنگ پریده بود.

Pero ahora su hija se estaba convirtiendo en una bella dama.

اما حالا دخترشان داشت به یک خانم زیبا تبدیل می‌شد.

Ahora ella realmente era una joven bien formada y hermosa.

او حالا واقعاً یک زن جوان خوش‌هیکل و زیبا بود.

Sus padres guardaron silencio y admiraron a su hija.

والدینش ساکت شدند و دخترشان را تحسین کردند.

Se miraron el uno al otro comunicándose inconscientemente.

آنها ناخودآگاه به یکدیگر نگاه کردند و با هم ارتباط برقرار کردند.

"Pronto llegará el momento de encontrar un buen hombre para ella."

»به زودی وقتش می‌رسد که برایش یک مرد خوب پیدا کنیم.«

El tranvía había llegado a su destino y redujo la velocidad.

تراموا به مقصد رسیده بود و سرعتش را کم کرد.

Su hija pareció confirmar sus nuevos sueños.

به نظر می‌رسید دخترشان رویاهای جدیدشان را تأیید می‌کند.

Ella fue la primera en levantarse y estirar su joven cuerpo.

او اولین کسی بود که ایستاد و بدن جوانش را کش و قوس داد.